LECTURE JUNIOR

L'évasion de Kamo

de Daniel Pennac

illustrations de Jean-Philippe Chabot

Gallimard Jeunesse

Pour Sarah-Marie

– PAS QUESTION QUE JE MONTE LÀ-DESSUS, DÉCLARA KAMO. IL TENAIT LA BICYCLETTE À DISTANCE, du bout des doigts, avec une moue de dégoût, comme si elle eût été enduite de confiture.

– Ah, non ? et pourquoi ?

Kamo me jeta un bref coup d'œil, hésita une seconde, et répondit :

– Parce que.

– Tu ne sais pas monter à bicyclette ?

Là, il eut son sourire méprisant :

– Il y a des tas de choses que je ne sais pas faire. Je ne connaissais pas un mot d'anglais, l'année dernière, tu te rappelles ? J'ai appris en trois mois*. Alors le vélo...

* Lire *Kamo, l'agence Babel*.

– Eh bien, justement, tu vas apprendre en deux heures.

– Non, je n'apprendrai pas.

– Pourquoi ?

– Ça me regarde.

Patience. Je connaissais mon Kamo, ce n'était pas le moment de m'énerver.

– Kamo, Pope a réparé cette bécane spécialement pour toi.

Il fronça les sourcils.

– Je suis désolé.

– Une bécane historique, Kamo. Elle a fait la Résistance. Elle a même échappé à une embuscade des Allemands. Tiens, regarde.

Un genou à terre, je lui montrai les deux impacts de balle. L'une avait perforé le cadre (juste entre le mollet et la cuisse de grand-père qui n'avait jamais pédalé aussi vite de sa vie), l'autre avait troué le garde-boue arrière (grand-père était passé...)

Pope, mon père, n'avait pas voulu réparer les dégats. Il pensait que ces traces héroïques plairaient à Kamo.

– Je suis désolé pour ton père vraiment, mais je ne monterai pas sur cette bicyclette.

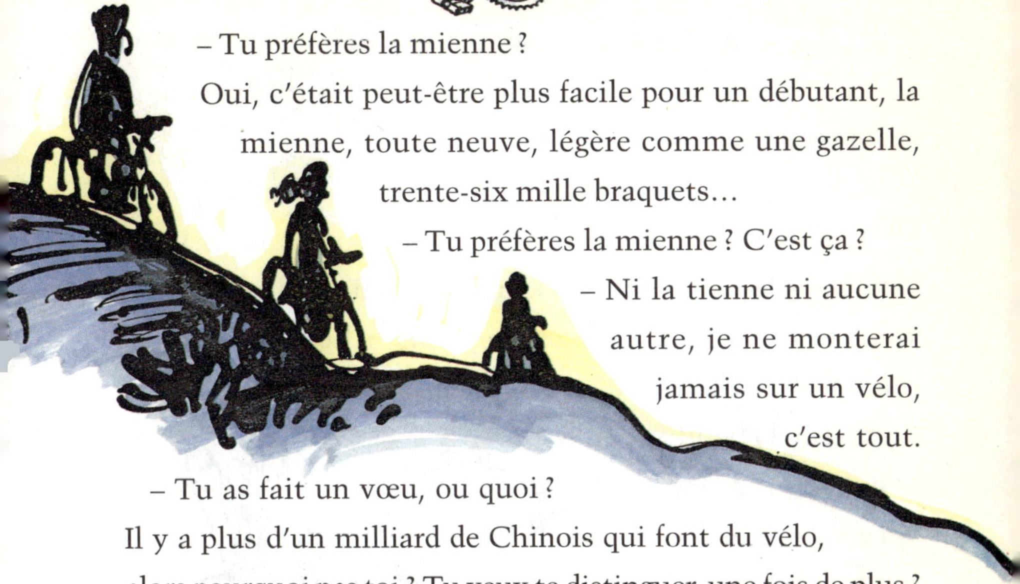

– Tu préfères la mienne ?

Oui, c'était peut-être plus facile pour un débutant, la mienne, toute neuve, légère comme une gazelle, trente-six mille braquets...

– Tu préfères la mienne ? C'est ça ?

– Ni la tienne ni aucune autre, je ne monterai jamais sur un vélo, c'est tout.

– Tu as fait un vœu, ou quoi ? Il y a plus d'un milliard de Chinois qui font du vélo, alors pourquoi pas toi ? Tu veux te distinguer, une fois de plus ?

Et voilà, je commençais à m'énerver. Pope, mon père, avait passé des heures à remettre à neuf la bicyclette en question, spécialement pour Kamo. Une splendide machine tchécoslovaque d'avant guerre, avec des freins à tige et des garde-boue chromés comme des pare-chocs de Buick. Une vraie merveille... Le plus calmement possible, j'expliquai :

– Kamo, ici, dans le Vercors, au printemps, Pope, Moune et moi, notre seule distraction, ce sont les balades à vélo, tu comprends ? On passe des journées entières dehors. On pique-nique. C'est l'activité familiale, depuis que je suis tout petit, et j'aime ça.

Il devait tout de même y avoir de la colère dans ma voix, parce qu'il a lâché la bicyclette, et s'est retourné vers moi, doigt tendu :

– Écoute, toi, je ne suis plus un gamin et je ne suis pas en train de faire un caprice. Je ne saurais pas t'expliquer pourquoi mais jamais de ma vie je ne monterai sur un vélo, c'est tout. Et je ne veux déranger personne. Allez vous balader comme d'habitude tous les trois, je vous attendrai ici et je vous ferai la bouffe pour le soir.

Il eut tout de même un sourire :

– Ne t'inquiète pas, tu me connais ? Je ne m'ennuie jamais…

C'est bien ainsi que les choses se passèrent. Du moins la première semaine. Pope, mon père, Moune, ma mère, et moi, le môme (eux sur leur tandem, moi sur ma bécane), on se faisait les monts, on se faisait les vallons, on se dénichait les petites sources moussues de nos vacances et on rentrait le soir à la maison, fourbus-moulus comme ceux de la ville quand ils retrouvent la montagne. La maison sentait le gratin dauphinois, la maison sentait le potage à l'oseille, la maison sentait le poulet aux écrevisses, la maison sentait la cuisine de Kamo.

– Ce gosse-là, c'est un vrai cordon-bleu, disait Pope.

– Aucun mérite, répondait Kamo, mon père était cuistot dans sa jeunesse.

Parfois, la maison sentait aussi le plâtre frais, ou la peinture.

– J'ai attaqué le grenier, aujourd'hui, annonçait Kamo, il partait par la toiture.

– Ton père était aussi dans le bâtiment ? demandait Pope.

– Mon père savait tout faire.

Son père était mort quelques années plus tôt. Mort à l'hôpital, après avoir lâché une dernière plaisanterie.

– Même ça, il a su faire, murmurait Kamo, mourir, il a su.

Petite belote après le dîner, ou scrabble (Pope perdait beaucoup et Moune gagnait souvent) et nous ne nous retrouvions vraiment, Kamo et moi, qu'une fois la maison devenue silencieuse, nuit bien tombée, dans notre chambre. Les polochons s'envolaient aussitôt. Kamo avait le muscle pour lui, mais j'étais rapide. L'essentiel, dans la bataille de polochons, c'est l'esquive : attirer l'autre comme si on était

une proie facile, esquiver, et frapper en contre. La tête de Kamo résonnait comme un tambour et vibrait comme un sac de punching-ball. Il titubait sur des genoux devenus liquides mais, au moment où, polochon brandi, je m'apprêtais à l'achever, il se détendait comme un ressort, son arme de plumes me cueillait au menton et m'envoyait valdinguer à l'autre bout de la chambre. Nous assommer mutuellement, c'était notre façon de nous endormir.

Nous parlions, aussi. Il n'y a rien de mieux que de parler, quand les lumières se sont éteintes. Un soir (un des tout premiers soirs de ces vacances), la voix de Kamo s'éleva dans la nuit de la chambre...

– Elle n'aurait pas dû me faire ça, dit-il.

(Qui ça, « elle » ? Et lui faire quoi ?) Comme s'il avait deviné mes questions, Kamo précisa :

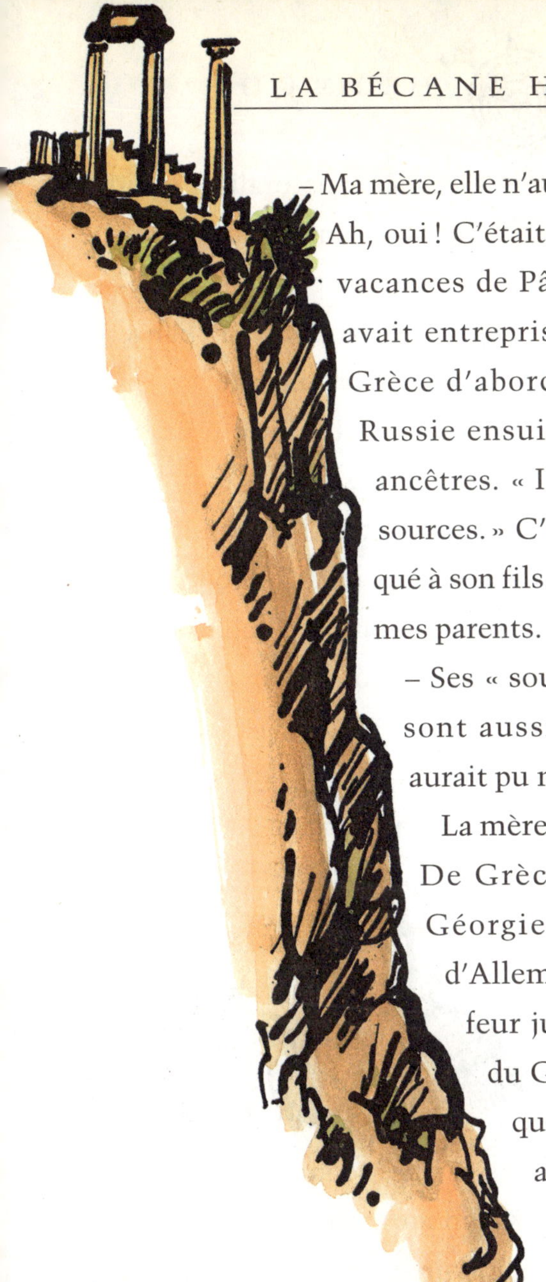

– Ma mère, elle n'aurait pas dû y aller sans moi.

Ah, oui ! C'était pour cela qu'il passait ses vacances de Pâques avec nous. Sa mère avait entrepris un voyage immense. La Grèce d'abord, tous les Balkans, et la Russie ensuite. A la recherche de ses ancêtres. « Il faut que je retrouve mes sources. » C'était ce qu'elle avait expliqué à son fils. Et elle avait confié Kamo à mes parents. Pour quelques mois.

– Ses « sources », comme elle dit, ce sont aussi mes racines, non ? Elle aurait pu m'emmener !

La mère de Kamo venait de partout. De Grèce par sa grand-mère, de Géorgie par son grand-père, d'Allemagne par son père (un coiffeur juif qui avait épousé la fille du Géorgien et de la Grecque et qui, dans les années quarante, avait dû fuir les persécutions du « dingue à moustaches gammées » comme disait

Kamo. Issue de tant d'horizons, elle-même naturalisée française, la mère de Kamo parlait quantité de langues mais ne se sentait vraiment de nulle part. Ou plutôt, comme l'expliquait Kamo, elle changeait de nationalité comme on change d'humeur, au moindre coup de vent, et avec sincérité.

– Sans blague, elle s'endort française et elle se réveille russe !

Résultat, lorsqu'elle se sentait un peu trop allemande, un peu trop juive, un peu trop grecque, la mère de Kamo partait en quête de ses ancêtres, dans un de ses innombrables pays d'origine. Si le voyage était bref et s'il coïncidait avec une période de vacances, elle emmenait Kamo. Sinon, elle le laissait derrière elle, furieux.

– Son grand-père russe, sa grand-mère grecque, après tout, ce sont mes arrière-grands-parents...

– Il y avait l'école, Kamo, et elle est partie pour trois mois.

– Au cul, l'école ! Et les Balkans, et la Russie, c'est pas une belle école, ça ?

Bref, ainsi allaient les choses : Pope, Moune et moi sur nos machines à deux roues, Kamo jouant les cuistots à la maison. Tout de même, cette histoire de bécane me tracassait. Aussi loin que je me souvenais (on se connaissait depuis la crèche, Kamo et moi) Kamo n'avait jamais eu peur de rien. Était-il possible qu'il eût la trouille de grimper sur une bicyclette ?

– Ça s'appelle une phobie, m'expliqua Pope.

– Une phobie ?

– Une phobie. Une peur irraisonnée. Un type est capable de tout, il peut entrer tout nu dans la cage aux lions, grimper l'Everest sur les mains, discuter une nuit entière avec le fantôme de son percepteur, mais tu lui montres une minuscule araignée et il tombe dans les pommes. Voilà, c'est ça, une phobie. Ton Kamo a la phobie du vélo, c'est tout.

– Et toi, Pope, tu as des phobies ?

– Jamais eu la moindre phobie, moi ; super-Pope !

– Super-menteur, oui, intervint Moune en riant, Pope avait la phobie de Crastaing, ton prof de français quand tu étais en sixième, tu te souviens ?

Vers la fin de la première semaine, je fus réveillé en pleine nuit par un de ces coups de tonnerre qui font rentrer les chiens sous terre. Les volets clos de ma chambre se découpaient sur des lueurs de flash. La maison était au cœur d'un orage. A côté du mien, le lit de Kamo était vide. J'ai d'abord pensé qu'il était allé boire un coup à la cuisine et je me suis rendormi. Mais, quand je me suis réveillé pour la seconde fois, Kamo n'était pas revenu. Inquiétude, robe de chambre et charentaises. L'orage nous secouait toujours. En descendant l'escalier de bois j'eus la sensation de pénétrer dans une grosse caisse sur laquelle s'acharnait un dingue de la batterie. Pas de Kamo à la cuisine. Ni nulle part ailleurs dans la maison qui s'allumait et s'éteignait aux rythmes du batteur fou. Et j'ai ouvert la porte d'entrée.

Douché ! Trempé de la tête aux pieds en une seconde.

– Kamo ! Salaud !

J'ai foncé devant moi, aveuglé, poings tendus, persuadé qu'il m'avait fait le coup de l'embuscade au seau d'eau. Mais ce n'était pas Kamo. C'était la pluie. Une pluie drue et glaciale ; jetée en paquets contre la maison par un vent à défoncer les murs. J'étais donc là, bras ballants dans l'orage, dégouttant comme une serpillière, quand je le vis.

De l'autre côté de la cour, sous le hangar à bois, Kamo était accroupi, semblable, dans son immobilité, à la vieille souche sur laquelle Pope fendait les bûches. Les éclairs le découpaient dans la nuit. Et, devant Kamo, à chaque explosion de lumière, luisaient les garde-boue de la bicyclette tchécoslovaque.

– Kamo !

Il se retourna. Son visage ruisselait. On aurait pu croire que c'étaient des larmes.

– Viens, tu vas attraper la crève.

Il ne fit aucune difficulté à me suivre dans la salle de bains où nous nous séchâmes avant de nous recoucher.

Maintenant, nous nous taisions. Kamo regardait le plafond de la chambre avec la même fixité que, tout à l'heure, la bicyclette. Je finis par murmurer :

– Elle te flanque une sacrée peur, hein ?

Il ne répondit pas, d'abord. Il laissa même passer un bon moment. Puis, il dit :

– Non.

L'orage s'était éloigné. Clair de lune. La maison s'illuminait en silence.

– Non. Elle me flanque une peur sacrée, ce n'est pas pareil.

Nouveau silence. Puis :

– Elle est triste, tu ne trouves pas ?

Non, je ne trouvais pas. Je ne voyais pas comment une bicyclette pouvait être triste.

Kamo dit encore :

– Elle est triste comme un amour perdu…

Quand je me décidai enfin à lui demander ce qu'il voulait dire, il était trop tard ; Kamo s'était endormi. Et tous les orages du monde n'auraient pu le réveiller.

LE MIRACLE SE PRODUISIT VERS LA FIN DE NOS VACANCES.

Enfin, le miracle... disons l'événement le plus inattendu de cette partie du monde.

Pope, Moune et moi pique-niquions dans la vallée de Loscence. Ce n'était pas très loin de la maison. Kamo, s'il le voulait, pourrait nous y rejoindre à pied.

– Si j'ai le temps ; je dois enduire le grenier.

– Quand tu auras fini avec le grenier, avait dit Pope en riant, descends donc à la cave, j'y ai repéré des fissures, et quand tu auras retapé toute la maison, attaque-toi au monde, il a bien besoin d'être reconstruit, lui aussi !

– Mon arrière-grand-père, le Russe, a déjà essayé de le reconstruire une fois, répondit Kamo très sérieusement.

Et il ajouta :

– Ça n'a pas trop bien marché, d'ailleurs...

Plus tard, en mastiquant d'un air pensif, Pope avait lâché :

– Il est inouï, ce garçon, il sait vraiment tout faire !

– C'est depuis qu'il vit seul avec sa mère, expliqua Moune.

Bref, c'était la fin du déjeuner, et nous étions là, sur l'herbe jeune, à bavarder dans l'admiration de Kamo. Pope avait ouvert la bouteille Thermos et le parfum de notre café était en train de s'emparer du Vercors quand Moune s'écria :

– Regardez !

Nos regards suivirent son doigt tendu, au bout duquel, là-bas, un cycliste était sorti de la route pour dévaler vers nous à travers champs. Il godillait entre les rochers, sautait les

bosses comme un cheval de rodéo. Les garde-boue de sa bicyclette lançaient des messages chaque fois qu'ils captaient le soleil.

– Nom de nom, murmura Pope, il va se...

Mais la bicyclette retombait toujours d'aplomb sur l'herbe, zigzaguant, s'envolant de nouveau, atterrissant encore, tout cela dans le grincement des ressorts, les gémissements de la selle, les tintements de la sonnette et les hurlements de Kamo qui, dès qu'il fut assez près, se mit à crier :

– Elle a téléphoné ! elle a téléphoné !

Ce vélo noir à crinière éclatante, c'était vraiment le mustang fou cherchant à expédier son cow-boy sur la lune !

– Attention ! cria Pope en se dressant de toute sa taille, freine !

Et Pope se mit à gesticuler comme un de ces types à cas-

quettes phosphorescentes, sur les porte-avions, quand le zinc donne l'impression qu'il va tomber dans la flotte.

– Arrête-toi !

Moune et moi battions l'air tout comme Pope. Kamo devait prendre ça pour des applaudissements parce que, au lieu de ralentir, il lâcha le guidon et, au plus fort de sa vitesse, fit les gestes du vainqueur devant la foule en délire. La bicyclette tchécoslovaque s'envola une dernière fois... Au lieu de retomber sur le sol, elle plongea dans la barrière de barbelés que nous avions tous vue mais que la dernière butte d'herbes folles avait cachée au regard de Kamo. Et Kamo continua sans sa monture, bras écartés dans l'espace, comme quelqu'un qui aurait enfin découvert le truc des oiseaux. Seulement, ce n'était pas exactement un oiseau. C'était un adolescent plutôt râblé, qui pesait déjà un bon poids, et qui vint s'écraser lourdement sur les restes de notre pique-nique. Cris, précipitation, trois têtes penchées, six mains tendues, mais l'autre qui ouvre les yeux et répète, dans un sourire béat :

– Elle a téléphoné.

Sa mère l'avait appelé de Gori, province de Tiflis, Géorgie, ex-U.R.S.S.

– J'étais là-haut, en train de repeindre la lucarne du grenier, et je me suis dit qu'il était temps d'aller préparer le civet pour ce soir. Bon, je descends à la cuisine, et qu'est-ce que je vois, collé à la porte, pendant que je dépiote mon lapin ? Un avis de la poste. Avis d'appel téléphonique. A mon nom ! Je regarde l'heure : 13 h 45. Le lieu : Poste de La Chapelle-en-Vercors. Il me restait tout juste dix minutes. Impossible d'y aller à pied, je serais jamais arrivé à l'heure. Ma première idée, ça a été d'emprunter la bagnole de ton père. Pédales, changement de vitesse, volant, ça doit pas être bien sorcier... Mais j'ai pas trouvé les clefs du premier coup d'œil et je n'avais pas le temps de chercher. C'est alors que j'ai pensé à la bicyclette. Je lui ai littéralement sauté dessus. Elle ne me faisait plus peur, tu peux me croire ! Ma parole, ma mère m'appelait du bout du monde, ce n'était pas une vulgaire bécane qui allait m'empêcher de répondre à l'appel. Pendant que je pédalais vers la poste de La Chapelle, j'ai repensé à une histoire que nous avait racontée le grand Lanthier, l'année dernière. Tu sais, l'histoire de cet oncle à lui (il a toujours un tas d'oncles, de cousins, ou de copains de cousins qui ont fait des trucs extraordinaires, le grand Lanthier)

bref, l'histoire de cet oncle à lui qui cherchait des papillons rarissimes dans la forêt amazonienne. Et tac ! voilà que l'oncle se fait piquer par un serpent – une de ces saloperies hypervenimeuses qui vous expédient un type en moins d'une minute. L'oncle se précipite sur sa trousse de secours, sort le sérum antivenin qu'il trimbalait toujours avec lui, et se rue sur le mode d'emploi. Manque de pot, la notice était écrite en portugais et le pauvre oncle ne parlait pas un mot de portugais ! Mais alors, « miracle ! » affirme le grand Lanthier, l'oncle comprend ce qui est écrit devant ses yeux brûlants de fièvre, comme si toutes les flammes de la Pentecôte lui étaient tombées d'un seul coup sur la tête ! Et il se fait la piqûre, et il est sauvé, et, aujourd'hui encore, conclut le grand Lanthier, l'oncle parle couramment le portugais, comme si c'était sa langue maternelle !

Nous nous sommes bien foutus de lui quand il nous a raconté ça, tu te rappelles ? Eh bien, on a eu tort. Voilà ce que je me suis dit, en fonçant vers La Chapelle, sur cette bicyclette : parce que c'était exactement comme si j'avais pédalé toute ma vie !

Oui, la mère de Kamo avait appelé de Gori, province de Tiflis.

– C'est là qu'est né son grand-père, à Gori.

– C'est-à-dire, ton arrière-grand-père à toi ?

– Oui, mon arrière-grand-père. Il s'appelait Semion Archakovitch Ter Petrossian.

Silence, dans notre chambre.

– Mais on l'appelait autrement, dit Kamo.

C'était la bonne heure de la nuit, l'heure des confidences qui n'en finissent pas.

– On l'appelait Kamo.

– Kamo ? Comme toi ?

– Comme moi.

– Et ton arrière-grand-mère ?

– La Grecque ? Elle s'appelait Mélissi.

– C'est joli.

– Mélissi... elle était chanteuse. Kamo l'avait rencontrée à Athènes, en 1912.

– Tu l'as connue ?

– Non, mais j'ai connu sa fille, ma grand-mère. Elle m'a raconté beaucoup de choses à propos de Kamo,

l'autre, le vrai. Il se bagarrait contre les Cosaques, il s'évadait de toutes les prisons ! Une sorte de Cartouche, de Mandrin, ou de Robin des bois, si tu préfères.

– Comment se fait-il qu'on t'ait donné son nom ?

– Un souhait de l'arrière-grand-mère Mélissi. Elle voulait que le premier garçon de sa descendance s'appelle Kamo,

comme son Kamo à elle. Ils s'étaient beaucoup aimés.

– Et le premier garçon, c'était toi ?

– Oui, Mélissi a mis une fille au monde, ma grand-mère. Ma grand-mère a fabriqué ma mère avec son mari, l'Allemand, et ma mère m'a fabriqué, moi. J'étais le premier garçon depuis l'autre Kamo. Depuis 1912 !

– Kamo, ça veut dire quelque chose, comme nom ?

– Ça veut dire « fleur », en géorgien. Et Mélissi, en grec, tu sais ce que ça veut dire ? C'est ça le plus beau : ça veut dire « l'abeille ».

Silence.

Puis, la voix de Kamo, murmurant dans un sourire :

– Mélissi et Kamo… les amours de l'abeille et de la fleur.

La bicyclette tchécoslovaque avait vaillamment tenu le coup. Seul le nez de Kamo s'était un peu aplati. Fini le grenier, finie la cuisine, il nous suivait partout, à présent. Il était de toutes nos promenades.

– Et qu'est-ce qu'on va manger ? disait Pope, et qui va repeindre la maison, cirer le parquet, retourner le potager, laver le linge, repriser nos chaussettes ?

Moune riait dans le vent :

– Tais-toi, Thénardier, et pédale !

Ce que Kamo faisait faire à sa bicyclette... incroyable ! Il n'aurait pas été plus à l'aise s'il avait fait du vélo toute sa vie. Mieux, ce vieux clou tchécoslovaque, lourd et grinçant, à l'énorme phare et aux garde-boue rutilants comme une bagnole d'avant guerre, devenait vraiment un fauve apprivoisé entre les mains de Kamo. A chaque accélération il nous laissait sur place, moi et mon vélo de race, profilé comme une lame de rasoir. Oui, il me doublait à toute

allure, puis, le premier virage passé, il s'arrêtait pile, faisait demi-tour en se cabrant sur sa roue arrière, et me croisait alors que j'étais en train de le poursuivre ! Pas possible... il devait y avoir un moteur à réaction planqué quelque part sous ce tas de ferraille !

– Kamo, on échange !

Il me prêtait volontiers son bolide mais, à peine l'avais-je enfourchée que la bécane perdait toute sa puissance. Exactement comme si on avait greffé une paire de pédales sur un quinze tonnes !

– Te fatigue pas, disait Kamo, elle n'obéit qu'à moi !

– Ce môme est fort comme deux Turcs, disait Pope.

Un des derniers soirs, je lui demandai :

– Et ta peur, Kamo ?

– Quelle peur ?

– Ta phobie du vélo, ta « peur sacrée » ?

Il réfléchit un moment et dit :

– C'est comme un rêve, un rêve que j'aurais oublié.

Un peu plus tard, il dit :

– Tu sais, le grand Lanthier...

– Oui ?

– Eh bien, je crois qu'il est moins con qu'il en a l'air.

Il laissa passer un bon moment avant d'ajouter :

– La nécessité nous fait vraiment faire des choses extraordinaires !

Là, je rigolai doucement :

– Monter sur un vélo, par exemple.

Mais Kamo ne riait pas.

– Oui, monter sur un vélo, quand quelque chose, en nous, hurle qu'il ne faut pas le faire...

– Tu crois aux pressentiments, Kamo ?

Silence. Puis Kamo répondit :

– Si César avait écouté les oracles, il ne se serait pas fait trouer la panse par ses anciens copains.

Et encore :

– Si Henri II avait obéit à Catherine de Médicis, sa femme, il ne se serait jamais fait dégommer à ce tournoi...

– Un coup de lance dans l'œil.

– Oui. Ressorti par l'oreille.

– Des heures pour mourir.

– Il a pas dû rigoler.

– Tu parles...

(Quand j'y repense, elles étaient vraiment chouettes, ces discussions nocturnes...)

– En tout cas, dit Kamo, mes pressentiments à moi ne se sont pas réalisés.

On entendit le cri d'une chouette, au loin, et le ronflement d'un moteur qui montait de la vallée.

– Quand est-ce qu'elle te rappellera, ta mère ?

– Pas avant un mois.

– Si longtemps ?

– Elle aime avoir l'esprit libre, quand elle voyage.

Il n'y avait plus aucun reproche, dans sa voix. Toujours cette même admiration, quand il parlait de sa mère.

– Kamo ?

– Oui ?

– Qu'est-ce que tu voulais dire, l'autre jour, quand tu disais que ton arrière-grand-père, l'autre Kamo, avait déjà voulu reconstruire le monde, et que le résultat n'était pas si terrible que ça ?

– La révolution, répondit Kamo. La révolution russe. C'était un révolutionnaire. Une espèce de Robin des bois au service de la Révolution.

Il y eut un long silence. Puis, Kamo dit encore :

– C'est ce qui les a séparés, avec Mélissi l'Abeille.

– Pourquoi ? Elle ne partageait pas ses idées ?

Non, ce n'est pas ça.

Cette chouette dont le hululement se rapprochait faisait toujours son nid chez nous, à la fin des vacances de Pâques, la veille de notre départ.

– C'est autre chose, dit Kamo. Je crois qu'il n'y a pas assez de place pour deux passions dans le cœur d'un révolutionnaire.

Et, longtemps après, dans la nuit, je l'entendis murmurer :

– Il aurait dû choisir Mélissi.

C'EST POPE QUI FUT « À L'ORIGINE DU DRAME », COMME ON DIT DANS LES JOURNAUX. OU PLUTÔT, POPE, MON PÈRE, SE REPROCHA LONGTEMPS SA RESPONSABILITÉ dans ce qui suivit. Moi, je pense qu'il n'y était pour rien. Et si je devais désigner un responsable, je dirais que c'est l'Histoire. Oui, l'Histoire avec un grand H, celle que nous enseignent les profs, celle qu'on trouve dans les livres, celle qui se dépose goutte à goutte et nous fait une mémoire beaucoup plus vieille que nous, l'Histoire que nous bâtissons, aussi, nous autres, tous les jours, sans en avoir l'air, et qui s'appelle « la vie », avant de devenir l'Histoire.

Nous étions sur le départ. La voiture était chargée. Une voiture familiale, avec un coffre qui aurait pu contenir un bœuf. Toutes nos valises et tous nos sacs y tenaient largement. Pourtant, Pope avait vissé une galerie sur le toit. J'ai demandé pourquoi cette galerie, et Pope s'est frappé le front avec l'air de celui qui se souvient tout à coup.

– Bon Dieu, c'est vrai, j'avais oublié !

Puis, il a crié :

– Kamo, apporte donc les vélos, s'il te plaît !

– « Les » vélos ? a demandé Kamo.

– Eh bien, oui, le tien et celui de ton copain.

C'est ainsi que Pope donna la bicyclette tchécoslovaque à mon ami Kamo. Probablement un vrai sacrifice pour Pope, car c'était la bicyclette de son père, la bécane héroïque, celle qui avait fait la Résistance, une relique familiale. Quant à Kamo, il ne savait trop comment remercier, mais son regard parlait pour lui.

Plus tard, je sus que Moune, ma mère, n'avait pas été d'accord pour rapatrier les vélos à Paris. « Trop dangereux », disait-elle. Mais Pope l'avait convaincue. « Le petit est prudent et Kamo est habile... » Ce fut surtout l'argument du plaisir qui fit reculer Moune. « Ça leur fera tellement plaisir... » Le fait est que rien ne pouvait nous réjouir davantage. Rapporter nos vélos à Paris, c'était prolonger nos vacances. Les éterniser, même.

– On pourra aller au collège avec ?

– Non, c'est pour tourner en rond dans l'appartement...

Le succès de Kamo, au collège, avec sa bécane tchécoslovaque ! Même les plus frimeurs qui roulaient sur des petits cubes japonais en bavaient d'envie. Tous ceux qui faisaient dans le tout-beau-tout-neuf, les obsédés

du dernier modèle, tournaient autour de la bécane historique, les yeux grands comme ça.

– Qu'est-ce que c'est, comme marque ?

– Une tchèque d'avant guerre, répondait le grand Lanthier qui en connaissait un rayon, côté bécane.

– Et ce trou, là, dans le cadre, c'est quoi ?

– Les Allemands, une embuscade, lâchait négligemment Kamo.

– Tu crois qu'on trouve encore des pièces détachées ?

– Essaye un peu de détacher une pièce, pour voir...

Comme si la bécane n'avait pas été assez lourde, Kamo y avait adjoint deux énormes sacoches de postier, des sacoches de cuir aussi anciennes qu'elle et qu'il bourrait de nos affaires de classe. Le matin, quand nous arrivions, chacun de nous prenait sa sacoche qu'il jetait avec désinvolture sur son épaule, et ça nous donnait vraiment la dégaine du cow-boy qui débarque dans le saloon, avec sa selle sur son dos. D'un coup d'épaule, on jetait notre sacoche sur notre table, tout comme la selle sur le comptoir, et le grand Lanthier gueulait :

– Un double scotch, comme d'habitude ?

Et puis il y eut cette séance de cinéma. Minuit, à la cinémathèque du palais de Chaillot. Minuit, c'était tard. Même pour un samedi. Même pour des parents comme les miens. Pourtant, il n'était pas question qu'on rate ce film-là. Une des toutes premières versions cinématographiques des *Hauts de Hurlevent*.

– Je ne vous lâcherai pas dans Paris, à minuit.

Pope paraissait intraitable. Mais *Les Hauts de Hurlevent* était le roman préféré de Kamo. Il l'avait lu dans sa version originale, en anglais, une bonne dizaine de fois. Il en avait même fait une traduction, estimant que toutes celles qui existaient jusqu'à présent « ne valaient pas un clou ». En fait, il était amoureux de Cathy, l'héroïne. Il se prenait pour Heathcliff, quelque chose comme ça… Amoureux fou, quoi. On s'était farci à peu près tous les films qui avaient tenté de mettre ce chef-d'œuvre à l'écran. Chaque fois, Kamo sortait du cinéma bouillant de rage.

– Non mais, tu as vu ce navet ? Qu'est-ce qu'il a compris au roman, le gars qui a tourné ça, tu veux me le dire ?

A tous les coups je me faisais engueuler comme si j'étais le réalisateur du film en question.

– Et la fille qui jouait Cathy ? Tu te rends compte ? Et le type qui faisait Heathcliff ? Un vrai gommeux avec sa brillantine ! On n'a pas le droit de traiter des personnages de cette façon-là. Un personnage de roman, c'est comme une personne, ça se respecte ! T'es pas d'accord ?

(J'avais intérêt à être d'accord...)

Donc, chaque fois que la cinémathèque ressortait une ancienne version des *Hauts de Hurlevent*, nous nous précipitions. Mais, cette fois-ci, Pope, mon père, était comme un roc. Alors, Kamo négocia avec Moune. Il fila à la cuisine,

pour lui donner un coup de main, comme d'habitude, et, le soir, au dîner, le nez dans mon potage, j'entendis Moune dire, bien distinctement :

– Allez, Pope...

Je levai brusquement les yeux sur ma mère ; elle avait le sourire des grandes victoires. Pope n'avait jamais pu résister à cette combinaison très spéciale du regard d'automne et du sourire de printemps. Ce soir-là, il ne résista pas davantage. Il se contenta de dire :

– Je ne peux même pas les accompagner en voiture, j'ai promis au père Pinard de lui réparer sa télé.

Le « père Pinard », comme il l'appelait, était un ancien compagnon de travail de Pope, qui habitait l'autre bout de Paris et qui ne supportait ni la retraite, ni le pinard, ni les programmes de la télévision. Malheureusement, il n'avait plus que ça dans la vie. Alors sa retraite le rendait trop triste, il vidait une bonne bouteille et s'installait devant son poste. Le lendemain, il téléphonait à Pope de venir réparer la télé qu'il avait réduite en miettes.

– Ça ne fait rien, dit Moune, ils prendront leurs vélos, ils seront prudents.

Tu parles. A cette heure-là de la nuit, personne ou presque dans Paris, pas facile d'être prudent... Nous avions promis, bien sûr, mais dès les premiers coups de pédale on se serait déjà cru à l'arrivée du Tour de France. Cassé en deux sur mon pur-sang je hurlais à Kamo que je l'aurais, que je finirais bien par le rattraper un jour !

– Jamais ! gueulait Kamo, personne ne me rattrapera jamais ! Je vais plus vite que les balles allemandes !

Si un flic s'était trouvé sur notre trajectoire, cette nuit-là, il nous aurait à peine vus passer. Et c'est bien dommage parce que, si on nous avait arrêtés à temps, l'accident n'aurait pas eu lieu.

Le plus étrange, quand j'y repense aujourd'hui,

c'est que le premier souvenir qui m'en reste est celui d'un immense éclat de rire. Mon rire à moi, résonnant dans les rues de Paris. J'avais renoncé à rattraper Kamo. Victorieux, il s'était dressé, debout sur le cadre de la bicyclette tchécoslovaque, il avait ouvert les bras et criait à tue-tête :

– J'arrive, Cathy ! Attends-moi, ne meurs pas, c'est moi, Kamo, j'arrive !

Et moi, qui pédalais, derrière, en rigolant comme une baleine...

– Je vais te sauver, hurlait Kamo, confiance ! Je vais te sauver une fois pour toutes !

Oui, zigzaguant, tellement je rigolais.

– Je vais pénétrer dans l'écran, criait Kamo, je vais t'arracher à la pellicule, Cathy, tu ne seras plus jamais obligée de tourner dans ces navets !

La rue descendait à pic. Debout sur sa bicyclette, un pied sur la selle, l'autre sur le guidon, Kamo fonçait dans la nuit rousse de la ville aussi sûrement qu'un champion de surf sur les rouleaux du Pacifique.

– Je connais une île, dans les Caraïbes, je t'y emmène, Cathy ! Fini le cinoche ! Finies les brumes de l'Écosse ! Vivent les lagons cristallins et les cocotiers aux courbes douces !

Parfois, quelqu'un apparaissait à une fenêtre, mais nous étions déjà passés. Kamo continuait à hurler :

– Nous boirons des punchs de coco avec cet abruti qui essaye de me suivre et qui est notre ami !

La voiture était noire. Elle roulait tous feux éteints. Elle roulait vite. Elle roulait sur sa gauche. Et Kamo ne tenait pas exactement sa droite.

– Je t'aime, Cathy ! Attends-moi, mon amour, j'arrive !

Il percuta l'auto noire dans la courbe du virage. Sous le choc, le phare de la bicyclette tchécoslovaque explosa. Kamo heurta le toit de la voiture qui poursuivit sa route, broyant sous elle un vélo dont la ferraille hurlait en lâchant des gerbes d'étincelles.

– Kamo !

Il avait été projeté dans l'espace, et je l'avais un instant perdu de vue. Puis il était retombé au milieu de la rue, avait rebondi et roulé sur le trottoir, pour enfoncer la porte d'un immeuble dont toutes les lumières me parurent s'allumer d'un coup.

L'autre détail qui me revient se confond avec le girophare de l'ambulance et celui de la voiture de police. On chargeait Kamo évanoui sur une civière, un filet de sang lui coulant de l'oreille. Personne ne s'occupait de moi qui criais :

– La voiture ne s'est pas arrêtée ! Elle roulait à gauche et elle ne s'est pas arrêtée !

Je criais cela, oui, et, dans le même temps, je sentis quelque chose crisser sous mon pied. Je me baissai. C'était la montre de Kamo. Elle était cassée. Elle marquait onze heures.

CE QUI AVAIT FRAPPÉ KAMO, À LA MORT DE SON PÈRE, C'ÉTAIT LA BLANCHEUR DE LA CLINIQUE.

– Jamais je ne mettrai de blanc aux murs de ma maison.

Il était intarissable sur le blanc :

– D'ailleurs, ce n'est pas une couleur.

Il disait :

– Le blanc, plus c'est propre, plus c'est sale. Une ombre sur du blanc, c'est la crasse tombée du ciel.

Il disait encore :

– Le blanc, c'est la mort qui se cache.

Et c'est à quoi je pensais, en faisant les cent pas dans le couloir des urgences. On avait enfourné mon Kamo directement dans le bloc opératoire. Pope tenait la main de Moune. Tous deux étaient assis sur des sièges de plastique orange. Pope était si pâle que ses moustaches noires semblaient des postiches collés sur son visage. Moune ne pleurait pas. C'était pire. On aurait dit qu'elle ne pourrait plus jamais pleurer de sa vie. Moi, je marchais de long en large, dans l'orange et dans le vert des murs. Et je me disais : « Il ne mourra pas. On a mis du vert au mur, il ne mourra pas. La mort, c'est le blanc sur les murs. »

Pourtant, des heures plus tard (il y avait toujours le vert et l'orange des murs, mais déjà le mauve de l'aube sur la frise des toits), quand je vis le chirurgien sortir du bloc opératoire, quand je le vis s'approcher de Pope et de Moune, quand je vis cette blouse blanche, ce bonnet blanc, cette moustache et ces cheveux blancs, quand je vis tout ce blanc se pencher sur Pope et Moune qui se dressèrent comme des ressorts (ce qui fit que l'homme en blanc dut se redresser lui aussi, comme s'il avait raté sa révérence), quand je vis cet homme si fatigué, ses lèvres blêmes d'épuisement prononcer les mots « courage », « très peu d'espoir », « double fracture du crâne », « gros hématome céphalo-rachidien », « enfant robuste mais... », quand je vis le bras de Pope se raidir autour du corps de Moune qui s'affaissait, je sus que mon Kamo était foutu, que la bicyclette tchécoslovaque l'avait tué, que je venais de perdre mon meilleur ami, mon seul ami.

Les choses n'arrivent jamais sans qu'on se demande pourquoi. Les événements hurlent. Ils exigent une explication. Ils veulent un coupable.

– Au Moyen Age, disait Kamo, une catastrophe s'abattait sur un village, crac, on brûlait une sorcière. Oui, les événements réclament vengeance. Une vengeance aveugle.

– L'économie allemande bat de l'aile, disait Kamo, et le dingue à moustache gammée décide de tuer tous les Juifs.

On ne pouvait plus arrêter Kamo quand il était lancé sur ce chapitre :

– Ce n'est pas d'« explications » que l'homme a besoin, c'est de « coupables »! Même ici, parmi nous, dans cette classe, quand quelque chose cloche, n'importe quoi, on ne cherche pas l'explication : c'est toujours le grand Lanthier qui prend !

Je repensais à cela, à ces raisonnements que Kamo développait en cours d'histoire et qui, à la fois, nous amusaient et nous faisaient réfléchir, je repensais à cela en entendant Pope, Pope, mon père, ce pauvre géant, répéter sans cesse :

– C'est ma faute ! C'est ma faute ! J'aurais dû t'écouter, Moune, laisser les bicyclettes où elles étaient.

Mais Moune, assise toute droite sur la chaise qu'elle ne quittait presque jamais :

– Non, c'est moi, c'était une folie de les laisser sortir en pleine nuit dans Paris.

Et moi, seul dans ma chambre, la montre cassée de Kamo sur ma table de nuit, je savais bien que c'était moi le responsable. Au lieu de me moquer de Kamo, j'aurais dû prendre ses pressentiments au sérieux. Je le revoyais, cette nuit d'orage, agenouillé devant la bicyclette tchécoslovaque, le visage trempé de pluie – mais ça devait être des larmes – et je l'entendais encore me dire :

– Non, une « peur sacrée ».

Enfin, voilà pour l'atmosphère qui régnait à la maison : la recherche du responsable, la grande traque aveugle du coupable. Sauf qu'ici chacun s'accusait soi-même, et c'était peut-être plus terrible encore parce que, contre ces accusations-là, on ne peut absolument pas se défendre, ni se laisser consoler.

– Mais non, c'est moi, disait Pope...

– Tais-toi, tu sais bien que c'est moi, murmurait Moune...

Et moi, dans mon lit :

– C'est ma faute. J'aurais dû croire à ce pressentiment...

Heureusement, la vie se défend contre le désespoir. Elle trouve des petits trucs. Des trucs tellement inattendus qu'on en reste sidéré.

J'étais donc allongé, là, sur mon lit que je n'avais pas même défait, les yeux grands ouverts, lorsque, tout à coup, une autre phrase de Kamo me revint. Une phrase de ces dernières vacances.

– Tu sais, le grand Lanthier...

– Oui ?

– Eh bien, je crois qu'il est moins con qu'il en a l'air.

Ce fut comme une fusée d'artifice s'épanouissant dans tout ce noir. Je sautai hors de mon lit et me ruai sur le téléphone.

La sonnerie retentit longtemps. L'horloge de l'entrée comptait les secondes pour moi. Finalement, la voix du grand Lanthier me parvint, de très loin :

– Quel est le connard qui se permet de réveiller une famille nombeuse à quatre heures du mat ?

– C'est moi.

Il reconnut aussitôt ma voix et se radoucit un peu.

– Ah ! C'est toi ? Qu'est-ce qui se passe ?

– Lanthier...

A ma grande surprise, je ne pus rien dire de plus. Il me semblait que, si je racontais l'accident de Kamo, si je parlais de son état, j'allais le tuer pour de bon. Et ce fut Lanthier qui demanda :

– Il est arrivé quelque chose à Kamo ?

Alors seulement je racontai. Lanthier ne m'interrompit pas une seule fois. Il écoutait. Quand j'eus achevé mon récit, il dit :

– T'inquiète pas...

J'attendais la suite. Je m'attendais à ce qu'il me raconte des âneries, du genre : « Allez, il est solide, va, notre Kamo est immortel... », des trucs comme ça. Pas du tout. Il dit autre chose :

– Kamo ne mourra pas.

Puis, il ajouta :

– Ça dépend de nous.

Moi, accroché à mon téléphone, j'attendais.

– J'ai un cousin, dit enfin le grand Lanthier, il s'est cassé la gueule du sixième étage, il est passé à travers une verrière et il s'est aplati sur le ciment d'un garage.

Je sentais la fureur m'envahir. (« Tu as remarqué, avait dit Kamo, le grand Lanthier a toujours un cousin ou un copain de cousin à qui il est arrivé un truc extraordinaire ! »).

– Eh bien, on l'a sauvé, dit Lanthier. On l'a sauvé comme on va sauver Kamo. De la même façon.

– C'est-à-dire ?

Il y avait de l'ironie dans ma voix.

– En pensant à lui, répondit Lanthier sans s'émouvoir.

– Pardon ?

Et, le plus calmement du monde :

– En pensant à lui. Il suffit de penser à lui nuit et jour pour qu'il s'en sorte. Ne jamais l'oublier. Penser à lui sans une seconde d'interruption. Si on y arrive, si on ne flanche pas, s'il n'y a pas de trou dans notre pensée, Kamo s'en tirera, c'est gagné d'avance.

Il disait cela avec la tranquillité d'un médecin certain de donner la bonne ordonnance. Et je sentis aussitôt la confiance tomber sur moi, comme un manteau de sommeil.

– Tu es crevé, dit Lanthier à l'autre bout du fil, tu as pensé à Kamo jusqu'à présent, va dormir, je prends le relais. Je te réveillerai quand ce sera ton tour de monter sur le pont.

Je m'endormis en raccrochant.

CE JOUR-LÀ, POPE ET MOUNE ME LAISSÈRENT DORMIR. EXEMPT DE COLLÈGE. CE FUT LE TÉLÉPHONE QUI ME RÉVEILLA, À MIDI DIX.

– Salut, toi.

Le grand Lanthier de l'autre côté.

– A ton tour de penser à Kamo, je rentre chez moi pour pioncer un coup.

– Comment ça s'est passé, ce matin, en classe ?

– Très bien, j'ai bloqué deux heures de colle en physique.

– Pourquoi ?

– Parce que je pensais à autre chose, pardi !

Il glousse.

– Ça aurait bien fait marrer Kamo, d'ailleurs.

– Raconte.

– Oh ! trois fois rien, dit Lanthier, juste Plantard qui me fait venir au tableau. A peine si je l'ai entendu m'appeler, tellement je pensais à Kamo. Alors, il m'appelle une seconde fois et les autres commencent déjà à se marrer. Bon, je vais au tableau. Plantard m'interroge. Muet j'étais, muet je reste. « Dois-je comprendre que vous ne savez pas votre leçon, Lanthier ? » Oui, monsieur, fait ma tête, c'est bien ce que vous devez comprendre, monsieur. « Et quelle explication allez-vous me servir, cette fois-ci, Lanthier ? Votre cartable oublié une fois de plus chez un de vos innombrables cousins ? » Non, monsieur, fait ma tête, non, monsieur. « Alors ? » Et c'est là que je dis : « Je n'ai pas appris ma leçon, monsieur, parce que je pensais à autre chose, et j'y pense encore en ce moment même, monsieur, c'est pour ça que je suis muet, monsieur. » Explosion dans la classe, tu ima-

gines ! Mais Plantard lève la main. « Et pouvez-vous nous dire à quoi vous pensez, Lanthier ? » « A quelqu'un, monsieur. » Hurlements derrière moi. « A qui tu pensais, Lanthier ? Comment elle s'appelle ? » « Elle est mignonne ? » Et Plantard (tu le connais celui-là, toujours à hurler avec les loups) : « Eh bien ! Lanthier, répondez à vos camarades, à qui pensiez-vous donc, pour ne pas apprendre votre leçon ? » Moi (en rajoutant dans le genre grand couillon) : « Elle s'appelle Cathy, monsieur. » La classe : « Cathy ! Cathy ! comme c'est mignon, ça ! Tu nous balances son téléphone, Lanthier ? Écris-le au tableau. » Et moi : « Elle s'appelle Catherine Earnshaw, c'est l'héroïne des *Hauts de Hurlevent*, un roman, monsieur, je l'ai lu cette nuit. »

Bref silence de Lanthier au bout du fil. Puis :

– Voilà. Il m'a mis deux heures. Mais, le plus fort, c'est que c'était vrai. Je me suis farci *les Hauts de Hurlevent*, cette nuit, j'ai trouvé que c'était la meilleure façon de penser à Kamo.

Nouveau silence.

– Et tu veux que je te dise ? Je me demande pourquoi il l'aime tellement, cette Cathy... moi, je trouve que c'est plutôt une emmerdeuse... pas de quoi se foutre contre une bagnole pour elle.

Il disait cela le plus sincèrement du monde. Il ajouta :

– Enfin, ce sont les affaires de Kamo. Tu le connais, en amour, y a pas moyen de le raisonner.

Sur son lit d'hôpital, Kamo était extraordinairement immobile. Il avait un visage de cire et de craie. Ses paupières étaient mauves comme le ciel à l'aube de son accident. Une seconde, j'ai cru qu'il avait cessé de respirer. Je me suis penché. Non. C'était l'immobilité qui donnait cette impression. L'immobilité et le bandage, peut-être. Le bandage si blanc... Mais il respirait. Faiblement. Comme s'il était recroquevillé là-bas, au fond de lui-même, et que son souffle eût toutes les peines du monde à atteindre le dehors, l'extérieur, « le Grand Extérieur », comme m'avait dit Kamo, un matin, en désignant d'un geste large les montagnes du Vercors. Il n'y avait rien d'autre que ce bandage. Et c'était presque plus terrible. S'il avait été couvert de plaies et de bosses, on se serait dit : « Sacré Kamo, tout amoché, c'est bien de lui, ça ! Pas d'inquiétude, il va se réparer, comme d'habitude. »

Mais non, pour une fois, le visage de Kamo était lisse comme celui d'un nouveau-né. Pas la moindre égratignure. Rien de visible. Uniquement ce bandage blanc qui lui faisait la tête étroite. Mon ami Kamo était cassé dedans. « L'immobilité, c'est le contraire de Kamo. » Voilà ce que je ne cessais de me répéter, debout à son chevet. « L'immobilité, c'est le contraire de Kamo. »

Brusquement, j'ai mesuré la stupidité de nos jeux d'enfants. Comme si « penser à Kamo » était suffisant pour vaincre cette pâleur de cire, pour ranimer cette immobilité, pour faire que cela se répare, dedans.

– C'est une méthode comme une autre, me dit le docteur Grappe (c'était le docteur du collège. J'étais arrivé chez lui à bout de souffle. Je lui avais exposé la théorie de Lanthier).

– Vous croyez que ça peut marcher ?

Le docteur Grappe ne me répondit pas directement. Mais ce qu'il me dit valait toutes les réponses.

– L'affection, la vraie, ça a toujours donné envie de guérir.

Il fallait penser à Kamo. Il fallait y penser sans faiblir. Lanthier avait raison. Et pour cela, il fallait combattre l'impression qu'avait laissée en moi son immobilité. Son immobilité...

C'est alors que je me suis rappelé l'histoire du chat. Nous étions au cours préparatoire, à l'époque. Première année. Ça ne datait pas d'hier. Nous rentrions de l'école et le chat s'était fait écraser sous nos yeux. Pas exactement écraser. A peu près le même accident que Kamo. Il avait voulu traverser la rue en deux bonds et l'aile de la voiture l'avait frappé en plein vol. Il avait été projeté contre la poitrine de Kamo, qui avait vacillé sous le choc, mais dont les bras s'étaient instinctivement refermés sur le chat. Kamo était resté là, debout, l'animal dans les bras, à regarder la voiture filer. De la bouche entrouverte du chat passait un petit bout de langue où perlait une goutte de sang. Il ne bougeait plus. Cette immobilité, justement, qui est autre chose que le sommeil...

– Il est mort, dis-je.

– Non, répondit Kamo.

Le chat dans les bras, Kamo marcha tranquillement jusqu'à chez lui, grimpa les deux étages qui menaient à son appartement et, quand sa mère lui eut ouvert, il gagna sa chambre sans un mot, se glissa dans son lit sans même ôter ses vêtements (pour ne pas déranger le chat), et resta couché trois jours, dans le silence et l'immobilité, trois jours et trois nuits, jusqu'à ce quatrième matin où le chat, enfin, ouvrit un œil, puis l'autre, bâilla, et sauta des bras de Kamo.

– Tu vois, me dit Kamo, quand ils sont très malades, ils font semblant d'être morts, c'est leur façon à eux de se soigner. Et si tu leur tiens compagnie, ça va plus vite.

A la maison, Pope et Moune tournaient maintenant comme des fauves en cage.

– C'est incroyable, disait Pope, il faut absolument la retrouver !

– Je passerai demain à l'ambassade, disait Moune.

– D'un autre côté, disait Pope, le plus tard elle saura...

– Je sais, disait Moune, je sais...

Puis, elle se laissa tomber sur une chaise, se mit à pleurer en silence, et répéta pour la millième fois :

– Mon Dieu, mon Dieu, si seulement je t'avais écouté...

Ils venaient de passer la journée à essayer de joindre la mère de Kamo. Ils s'étaient adressés à l'agence qui avait

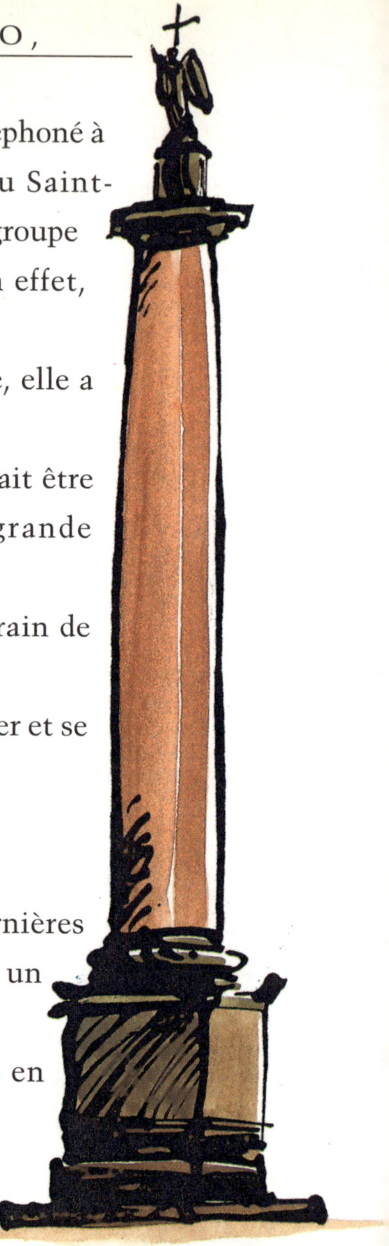

organisé son voyage. L'agence avait téléphoné à son bureau de Leningrad – redevenu Saint-Pétersbourg – où l'on supposait que le groupe se trouvait encore. Il s'y trouvait, en effet, mais la mère de Kamo avait disparu.

– Elle a dû quitter son groupe, dis-je, elle a continué son voyage toute seule.

– Impossible, répondit Pope, il faudrait être fou pour partir tout seul dans la grande pagaille russe !

– C'est pourtant ce qu'elle est en train de faire.

Pope cessa brusquement de déambuler et se tourna tout d'une pièce vers moi.

– Qu'est-ce que tu en sais, toi ?

– Je le sais.

Je le savais. Pendant une de nos dernières nuits, dans le Vercors, Kamo avait eu un petit rire, puis il avait dit :

– A l'heure qu'il est, elle doit être en train de leur fausser compagnie.

– Leur fausser compagnie ?

– Tu crois que ma mère est allée en

Russie pour photographier le Kremlin avec une bande de touristes en bermuda ? Elle est allée à la recherche de mon arrière-grand-père, l'autre Kamo, le vrai, et elle le trouvera !

– Il n'est pas mort ?

– Bien sûr que si, il est né en 1882 et mort en 1922 à l'âge de quarante ans. Mais ce que Mélissi la Grecque, l'Abeille, n'a jamais voulu dire, c'est la façon dont il est mort... Elle le savait, mais ni ma grand-mère ni ma mère n'ont pu le lui faire dire, c'est une sorte de secret et ma mère est bien décidée à le découvrir.

Puis, fièrement :

– Il n'est pas né, celui qui obligera ma mère à suivre le troupeau.

Depuis des jours, maintenant, sur ma table de nuit, la montre cassée de Kamo marquait onze heures.

Ce n'est pas facile de penser sans arrêt à quelqu'un. Même si ce quelqu'un s'appelle Kamo. Même si ce Kamo est ton meilleur ami. La pensée a des trous par lesquels elle s'évade d'elle-même. Ton regard plonge dans une photo de montagnes, ton oreille accroche

une note de musique, et tu sors de ton devoir de math, ou tu cesses de penser à ton ami Kamo.

Au début, je laissais venir à moi les images de Kamo, librement. Les dernières, bien sûr, arrivèrent d'abord : images de vacances, longues conversations nocturnes, les recettes de Kamo, le parfum du poulet aux écrevisses, Kamo et nos sacoches de facteur, tout cela en vrac, batailles de polochons et balades dans la montagne…

Puis, ce fut comme un robinet qui se tarit, qui ne coule plus que goutte à goutte. Il me fallut « organiser ma mémoire », reprendre tout depuis le commencement : notre rencontre à la crèche (où nous étions tous les deux amoureux de la même créchonnière qui s'appelait Mado-Magie, et qui secouait des hochets sous notre nez pour gagner sa vie d'étudiante), puis ce furent la maternelle et le cours préparatoire, et le cours moyen où notre maître, M. Margerelle, nous préparait à entrer en sixième en imitant tous les profs que nous y trouverions, l'admiration de Kamo pour Margerelle en prof de math rêveur, si différent de Margerelle en prof de français grincheux, et Crastaing, un an plus tard, justement, Crastaing, le prof de français de sixième, dont tout le monde avait une peur atroce, tout le monde sauf Kamo, la façon extravagante dont Kamo avait appris l'anglais et fait la connaissance de Catherine Earnshaw, l'héroïne des *Hauts de Hurlevent*...

Mais venait l'heure d'aller en classe, l'heure de passer à table, l'heure de faire mes devoirs, et la pluie des questions, chaque fois qu'on me sentait « ailleurs » : « A quoi pensez-vous donc ? » « Combien de fois faudra-t-il t'appeler ? » « Vous ne pouvez pas faire attention ? » « Alors, toi, tu joues, oui ? »... Un vrai supplice de « penser » dans ces conditions. Quand le grand Lanthier m'appelait pour prendre la relève, je décrochais le téléphone aussi épuisé que si j'avais passé ma journée au fond d'une mine à pousser des chariots de fonte remplis d'un Kamo de plus en plus lourd.

Et, ce qui devait arriver, bien sûr, arriva. Cela se passa un mercredi après-midi, dans mon bain. On ne peut rien vous demander quand vous êtes dans votre bain. C'est l'endroit idéal pour penser. Je m'étais donc enfoui dans la mousse du bain, cherchant désespérément une pensée nouvelle qui pût aider Kamo. Pauvre Kamo, j'avais beau le connaître depuis toujours, il me semblait avoir pensé tout, absolument tout ce qu'on pouvait penser de lui ! Alors, j'appelai son visage, son visage hirsute de plâtrier dans le grenier de Pope, son visage impénétrable quand il préparait une blague, le visage de Kamo amoureux de Cathy, et tous les visages répondirent à l'appel, mais se confondirent, petit à petit, jusqu'au moment où il me fut impossible de me rappeler un seul trait de Kamo, impossible de dire à quoi pouvait bien

ressembler ce Kamo auquel je pensais sans arrêt depuis près d'une semaine. C'était comme si l'image de Kamo avait fondu dans la chaleur du bain, en même temps que la mousse. Tant pis, il me restait au moins son nom. Le nom de kamo, plus rien d'autre que ce nom : « Kamo », que je me mis à répéter, dans ma tête, indéfiniment, parce qu'il y allait de sa vie : Kamo, Kamo, Kamo, Kamo, Kamo… mais le nom était composé de deux syllabes qui se détachèrent bientôt l'une de l'autre, comme si je les avais usées à force de les répéter : Ka-Mo, Ka-Mo, et qui, chacune de leur côté, « Ka », « Mo » n'évoquaient plus rien du tout jusqu'à perdre, même, leur orthographe : « K », « Mot », « Cas », « Maux »…

Le bain était froid quand je me réveillai. Mon Dieu, ce froid…

Quand le grand Lanthier décrocha enfin le téléphone pour prononcer un « allô » ensommeillé, je hurlai :

– Lanthier ! J'ai cessé de penser à Kamo !

Il y eut un silence de mort au bout du fil.

– Je me suis endormi dans mon bain !

Lanthier raccrocha sans un mot. Je me précipitai à l'hôpital.

LE GRAND LANTHIER ÉTAIT ARRIVÉ AVANT MOI. DEBOUT, LES LÈVRES TREMBLANTES, LES PAUPIÈRES gonflées, le grand Lanthier me regardait par-dessus le lit de Kamo. Les lèvres de Kamo étaient bleuies par le froid. L'extrémité de ses doigts aussi. Je touchai cette main, mais retirai aussitôt la mienne dans un sursaut. Le froid de mon bain ! Exactement la même température.

– C'est fini, dit Lanthier.

L'immobilité de Kamo, maintenant, était celle d'un bloc de glace dérivant loin de nous, avec une lenteur contre laquelle nous ne pouvions plus rien.

– Il faut sonner une infirmière, dit Lanthier.

Mais, ni lui ni moi ne bougeâmes. Nos yeux ne parvenaient pas à se détacher du visage de Kamo. A la vérité, il était bien difficile de retrouver notre Kamo dans ce visage.

On ne voyait plus que le bandeau blanc. Effrayant comme un carcan de glace. Les mains du grand Lanthier pendaient au bout de ses bras, impuissantes, énormes.

– Il faut sonner, répéta-t-il.

Derrière l'épais rideau des larmes, ses yeux cherchaient le bouton de la sonnette. Il fallait sonner.

Il fallait sonner, pour qu'on vînt nous enlever notre Kamo. Définitivement, cette fois-ci. Le regard de Lanthier s'était enfin posé sur un bouton carré où l'on avait gravé la silhouette d'une infirmière avec son tablier blanc. Il regardait ce bouton comme si le seul fait d'appuyer dessus allait faire exploser l'hôpital. Puis, il me regarda moi, et je fis oui de la tête. Alors, Lanthier pointa son index vers la sonnette.

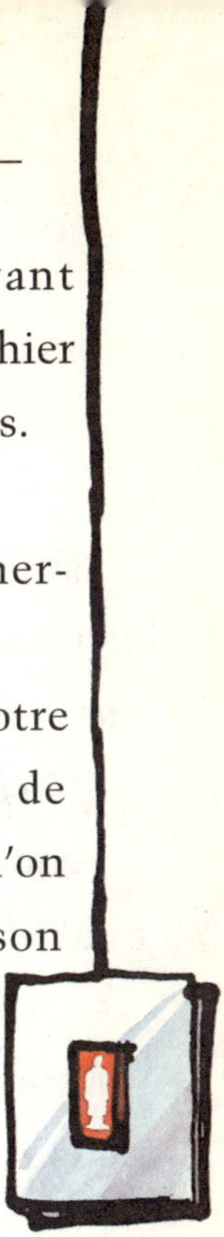

– Ne touche pas à ça, imbécile !

Lanthier n'eût pas sauté plus haut si la sonnette l'avait électrocuté.

– Qu'est-ce que tu dis ?

Je n'avais rien dit. Je levai les yeux sur la porte vers laquelle Lanthier s'était retourné. Personne. Il n'y avait que nous deux, dans cette chambre. Nous deux, et Kamo. Mais Kamo n'avait pas bougé. C'était le même visage bleui, enserré dans le carcan de glace, les mêmes mains, de chaque côté du corps amaigri, aussi fines, aujourd'hui, que des pattes de moineau. Alors nous regardâmes la sonnette une nouvelle fois.

– Bon Dieu que j'ai froid !

Ce n'était pas la sonnette qui venait de dire ça !

Lanthier fut le premier à le comprendre. Il se laissa tomber de tout son poids, sur ses deux genoux, au pied du lit de Kamo, et, la bouche toute proche de son oreille, demanda :

– Tu as froid ?

Pendant quelques secondes Kamo ne broncha pas. Enfin, nous vîmes ses lèvres bleues prononcer distinctement :

– Djavaïr, j'ai trop froid, trouve-moi une pelisse...

Kamo avait parlé ! Kamo avait parlé et ce fut comme si nous ressuscitions nous-mêmes ! Je me ruai sur les radiateurs : ils étaient bouillants. Je refermai la fenêtre entrouverte et ouvris les placards de la chambre : pas la moindre couverture. Toujours penché sur la bouche de Kamo, le grand Lanthier leva une main, agacé par le bruit de mon remue-ménage. Je me figeai sur place et entendis nettement Kamo dire :

– Une pelisse, Djavaïr, ou je ne sortirai jamais de ce trou !

Je me demandai qui était Djavaïr mais Lanthier posa une autre question :

– Qu'est-ce que c'est, une pelisse ?

– Un manteau de mouton, dis-je, ou un manteau d'ours, une fourrure, quoi.

Une lueur passa dans le regard du grand Lanthier. D'un seul geste, il ôta sa veste qu'il étendit sur la poitrine de Kamo en murmurant :

– Tiens, mon petit père, c'est la pelisse la plus chaude du monde...

Ce n'était pas une veste chaude, pourtant, c'était le haut d'un de ces bleus de travail dont le père Lanthier habillait ses huit enfants dès le printemps venu. (L'hiver, ils portaient des pantalons et des vestes de charpentier, en gros velours côtelé.) Ce n'était pas chaud, non. Pourtant, quand je voulus aller chercher une vraie couverture, Lanthier me retint d'un geste :

– Laisse !

Et, en effet, dans la demi-heure qui suivit, nous vîmes le corps de Kamo retrouver ses couleurs. Il se réchauffait à vue d'œil !

– Incroyable, murmura Lanthier, on croirait voir le mercure remonter dans un thermomètre !

Les doigts de Kamo avaient retrouvé leur souplesse, et son visage était bien le visage de Kamo. C'est alors que ses lèvres dessinèrent un imperceptible sourire et qu'il murmura, les yeux toujours fermés :

– Maintenant, tout est devenu possible.

A ce moment-là, l'infirmière, que nous n'avions pas sonnée, entra dans la chambre.

– Qu'est-ce que c'est que cette veste ? demanda-t-elle immédiatement, vous trouvez qu'il ne fait pas assez chaud, ici ?

C'était une grande Antillaise à la voix autoritaire et aux gestes rapides. Elle entrouvrit la fenêtre que je venais de fermer, baissa l'intensité des radiateurs, jeta un coup d'œil à la courbe des températures pendant que, à mon grand étonnement, Lanthier reprenait sa veste et l'enfilait comme si de rien n'était. L'infirmière se pencha au-dessus de Kamo et, dans un grand sourire, lui dit :

– On dirait que tu as meilleure mine, aujourd'hui, mon chéri, tu as raison, bagarre-toi, moi je sais que tu vas t'en sortir !

Puis, à nous deux :

– Il faut lui parler, les garçons, il faut faire comme s'il entendait, mais ce n'est pas la peine de trop le couvrir.

Sur quoi, elle sortit aussi rapidement qu'elle était entrée. Je me levai pour refermer la fenêtre et rouvrir les radiateurs.

– Pas la peine, fit Lanthier, elle a raison.

Puis, en ôtant de nouveau sa veste, il dit :

– Il fait trop chaud dans cette pièce. C'est en lui qu'il fait froid, à l'intérieur.

Il rabattit draps et couvertures, plaça la veste de travail

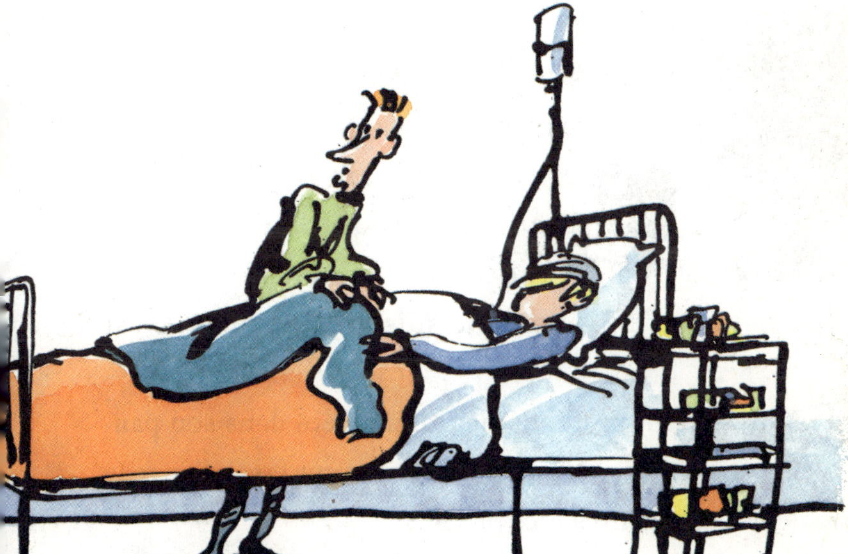

sur la poitrine de Kamo et refit le lit, comme si de rien n'était, de façon à rendre la veste invisible.

Nous marchions en silence, Lanthier et moi. Nous n'avions pas pris le métro. Nous marchions dans la ville comme si elle était vide, comme si elle nous appartenait. Il n'y avait que nous et les arbres. Un bonheur tel en nous, qu'un claquement de nos doigts aurait suffi à les faire tous fleurir. Qui dit qu'il n'y a pas d'arbres, à Paris ? Il n'y a que ça... quand on est heureux.

Au bout d'un bon quart d'heure, je finis tout de même par demander :

– D'après toi, qui est-ce, Djavaïr ?

– Je m'en fous complètement.

Devant mon air ahuri, le grand Lanthier partit de son rire à lui, un rire très lent, inimitable.

– Tu sais, dit-il enfin, moi, je suis un grand con, c'est connu.

Ses mains étaient profondément enfoncées dans son pantalon et il marchait, tête penchée, comme fasciné par le spectacle de ses gigantesques pieds :

– Alors, je ne cherche pas à comprendre, j'obéis, c'est tout.

Mais il souriait.

– Mon pote me demande une pelisse ? Va pour une pelisse. Mon pote m'appelle Djavaïr ? Why not ? Pourvu qu'il revienne à la surface...

L'agence de voyage avait remué le ciel et la terre de toutes les Russie : pas la moindre trace de la mère de Kamo.

– Enfin, Bon Dieu, tempêtait Pope, on ne disparaît pas comme ça !

– D'un autre côté, répétait Moune, plus tard elle apprendra l'état de Kamo, mieux ça vaudra...

Pope et Moune aussi se rendaient tous les jours à l'hôpital. Ils se tenaient longuement au chevet de Kamo et revenaient à la maison, Pope soutenant Moune. Les soirées s'étiraient dans le même silence. L'un des deux, parfois, secouait la tête, et cela voulait dire : « C'est de ma faute... »

Je les aurais volontiers consolés, ce soir-là, mais le grand Lanthier m'avait dit :

– Surtout pas ! Ne leur dis pas que Kamo a parlé !

– Pourquoi ?

– Je ne sais pas.

Il avait un air totalement égaré, en me disant cela. Une soudaine panique dans les yeux.

– Je ne sais pas... il me semble... personne d'autre que nous ne doit le savoir... jure-le-moi.

Il s'était retourné. Il me faisait face. Je vis que ses mains énormes s'étaient refermées dans ses poches.

– Jure-le !

– D'accord, Lanthier, d'accord, je ne dirai rien, c'est juré.

Tout de même, ce soir-là, devant le malheur de Pope, devant le malheur de Moune, je ne pus m'empêcher de dire :

– Eh ! vous deux...

Pope leva une tête très lente. Je ne les appelais « vous deux » que dans les grands moments de gaieté.

– Kamo va s'en sortir, dis-je.

Pope me regardait comme s'il ne m'entendait pas. J'éclatai de rire et dis :

– Les adolescents ont de ces antennes que les vieux schnocks ont perdues.

Ça ne les fit sourire ni l'un ni l'autre. Alors, je m'assis à côté de Moune que j'enveloppai de mes bras.

– Maman, tu as confiance en moi ?

Elle fit oui de la tête. Un oui minuscule.

– Alors, écoute bien ça : Kamo va s'en sortir.

Et j'ajoutai :

– Je te le jure.

LE GRAND LANTHIER AVAIT RAISON : L'ÉTAT DE KAMO EXIGEAIT LE SECRET. KAMO NOUS LE fit comprendre, à sa manière. Dès que quelqu'un d'autre que nous pénétrait dans sa chambre, il cessait de parler. Non seulement il se taisait, mais son visage retrouvait instantanément cette pâleur cireuse et vaguement bleue qui nous effrayait tant. De son côté, le grand Lanthier laissait retomber tous les traits de son propre visage et, lui qui riait une seconde plus tôt, paraissait tout à coup au fin fond du chagrin. Si triste, même, qu'un après-midi l'infirmière antillaise piqua une vraie colère :

– Si tu continues à faire cette tête, toi, je te fous dehors ! Il n'a pas besoin de vieilles pleureuses, ton copain, il a besoin d'amis forts qui croient en sa guérison !

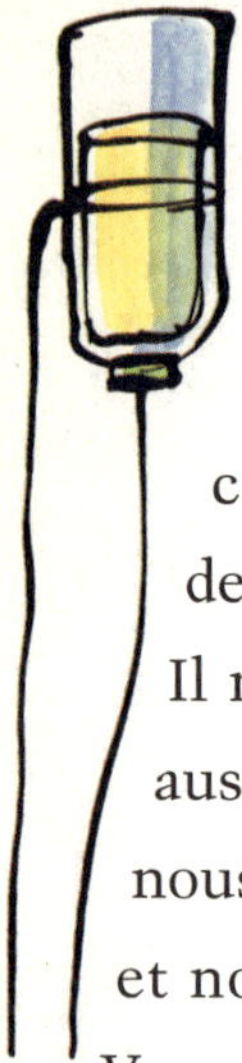

Oui, derrière ses paupières closes, Kamo parlait. Difficile de dire s'il nous parlait à nous, s'il nous reconnaissait, mais il savait que quelqu'un était là, tout près de lui, quelqu'un en qui il avait une confiance totale, à qui il pouvait tout dire, tout demander.

Il nous appelait encore Djavaïr, mais il nous donnait aussi d'autres noms : Vano, Annette, Koté, Braguine... Il nous demandait des services, il nous donnait des ordres, et nous obéissions, comme si nous avions été Djavaïr, Vano, Annette, Koté, Braguine... Il avait aussi des cris étouffés, des cris de rage :

– Stolypine, grinçait-il, Stolypine, tu me le paieras !

Ou bien :

– C'est Jitomirski qui m'a trahi, oui, c'est cette crapule de Jitomirski ! Il travaillait pour l'*Okhrana*.

Ou bien encore, tout à coup triomphant :

– Les *gardavoïs* ne me font pas peur ! Ils sont minuscules...

Et aussi :

– Ma peau est trop solide pour la *nagaïka* !

Mais quelqu'un pénétrait dans la chambre de l'hôpital, et

Kamo redevenait aussitôt ce Kamo livide et muet dont le visage ne donnait aucun espoir. L'intrus à peine ressorti, un sourire se dessinait sur les lèvres de Kamo.

Le mot qu'il prononçait alors était toujours le même :

– *Yarost*!

Sifflant à travers ses lèvres serrées, comme venu du fond de lui-même, toujours ce mot :

– *Yarost*!

Tout cela, derrière des paupières qui ne s'ouvraient jamais.

Nous n'y comprenions rien. Cela dura une bonne semaine. Une semaine de propos décousus, Kamo toujours immobile, remuant à peine ses lèvres devenues si minces. Au début, je cédais à la peur.

– Il est devenu fou, dis-je.

– Et alors ? répondit Lanthier.

Toujours les réponses tranquilles du grand Lanthier.

– Tu le préférais raide mort ?

– Non, bien sûr que non...

– Ça prouve au moins que quelque chose s'est remis à bouger dans sa tête.

– Bien sûr...

– Et puis, rien ne dit que c'est de la folie. Peut-être qu'il rêve, tout simplement.

– Oui...

– T'inquiète pas : il est en train de se remettre en ordre, notre Kamo, je le sens. Il ne faut pas le laisser tomber, c'est tout.

De mon côté, je me renseignais :

– D'après toi, Pope, Yarost, c'est un mot qui viendrait de quelle langue ?

– Comment veux-tu que je le sache ? répondait Pope sans même lever les yeux sur moi.

Ou, à Mlle Nahoum, notre professeur d'anglais :

– Yarost, mademoiselle, ce serait un mot de quelle langue, selon vous ?

– Je ne sais pas, demande donc à Mlle Rostov.

Mlle Rostov était la prof de russe. Elle venait au collège une fois par semaine, le jeudi. Elle était ronde comme une baba et parlait avec un tout petit filet de voix :

– *Yarost*? cela veut dire « fureur », en russe. Il y avait un dieu, dans l'ancien temps, qu'on appelait Yarilo, c'était un dieu très puissant, le dieu de l'énergie créatrice.

Le nom de Stolypine, qui mettait Kamo dans une telle rage, ne disait rien à personne. Jusqu'à ce que j'interroge M. Baynac, notre prof d'histoire.

– Stolypine ? Bien sûr, oui, je sais qui c'était : le ministre de l'Intérieur russe, avant la Révolution, le chef de la police, si tu préfères, et le Premier ministre aussi. Il est mort en 1911, assassiné dans un théâtre. Pourquoi me demandes-tu ça ?

Il savait tout. Il répondait tranquillement à toutes les questions.

– Et l'*Okhrana*, monsieur ?

– Police secrète du tsar. Tu t'intéresses à la révolution russe ?

Je faillis tout lui dire, mais je me souvins à temps que Kamo exigeait le secret. J'inventai n'importe quoi :

– C'est pour un ami, monsieur, un ami qui lit un bouquin russe de l'époque. Il y a des tas de mots qui lui échappent.

Il m'apprit alors que la *nagaïka* était le terrible fouet des cosaques, et les *gardavoïs* l'équivalent de nos gendarmes dans la Russie des tsars. Ainsi, grâce à M. Baynac et à Mlle Rostov, tous ces mots gelés que Kamo faisait éclore dans sa chambre d'hôpital prenaient un sens : notre Kamo nous parlait de son arrière-grand-père, le révolutionnaire ! Pourtant, je ne demandai jamais aux adultes qui étaient Djavaïr, Vano, Annette, Koté, Braguine… Il me semblait que ceux-là faisaient partie du secret de Kamo, que les nommer, seulement les nommer, c'était trahir.

Dans la pénombre de sa chambre d'hôpital, Kamo murmurait :

– Des oignons, voilà ce qu'il me faut. Djavaïr, je t'en prie, fais-moi parvenir des oignons, c'est pour lutter contre le scorbut.

Quelques heures plus tard, le grand Lanthier glissait deux oignons sous les draps de Kamo. Il les plaçait au creux de ses mains dont il refermait les doigts un à un tout en examinant son visage. Sur le visage de Kamo passait un sourire rapide comme l'ombre, une aile.

– Du sucre aussi. Djavaïr, il me faut du sucre pour reprendre des forces.

Lanthier apportait du sucre.

Le lendemain, sucre et oignons avaient disparu.

Les lèvres de Kamo remuaient très vite.

– Les cosaques de Malama m'ont arrêté une première fois à Tiflis, blessé, cinq balles dans le corps mais toujours debout. Ils m'ont menacé de me couper le nez, ils m'ont fait creuser ma propre tombe, ils m'ont passé la corde au cou, la corde a cassé, moi, je faisais l'oiseau, l'innocent, l'imbécile, je creusais ma tombe en chantant, je jouais avec la corde, je riais, ils m'ont transféré à la forteresse de Méteckh, ils me posaient toujours la même question : « Connais-tu Kamo ? » (oui, ils n'étaient pas tout à fait sûrs que c'était moi) et moi je donnais toujours la même réponse : « Bien sûr que je connais Kamo », et je les menais au bord d'un fossé, et je leur montrais les fleurs, chez nous, en Géorgie, la fleur, ça se dit « Kamo ».

Les lèvres de Kamo semblaient courir.

– La forteresse de Méteckh n'a pas su me garder, ni la prison de Batoum, ni le terrible hôpital Mikhaïlovski où ils m'avaient enfermé parmi les fous, ni les prisons turques, je me suis évadé de partout, alors, je vous le dis, la Sibérie ne me gardera pas non plus.

Là, il y eut un long silence, puis :

– Yarost !

Et, très bas, dans un souffle, derrière ses paupières serrées comme des poings :

– Les oignons et le sucre m'ont redonné la force, Djavaïr. Je suis prêt. Apporte-moi une lime solide. Tu la cacheras dans un pain. C'est pour cette nuit.

Le grand Lanthier ne se posait aucune question. Il obéissait à tout. Moi, j'avais peur. Le Kamo aux paupières closes qui chuchotait avec fureur sur ce lit d'hôpital n'était pas mon Kamo. C'était l'autre, le révolutionnaire, l'arrière-grand-père, celui qui avait essayé de reconstruire une fois le monde, le Kamo qui avait laissé Mélissi pour choisir la Révolution. Ce n'était pas celui-là que je voulais voir ressusciter. Je voulais le mien, celui qui était capable de hurler le nom de Catherine Earnshaw en pédalant comme un fou dans la nuit. Mon ami.

Mais Lanthier obéissait. Et, ma foi, j'obéissais aussi. Ce soir-là, je demandai à Moune de m'apprendre à faire la pâte à pain.

– Tu veux devenir boulanger ?

– Non, c'est pour un anniversaire, Moune : à l'école, chacun doit faire soi-même ce qu'il apporte.

Moune n'avait plus la force de discuter. Elle m'apprit. Dès que Pope et elle se furent endormis, j'introduisis le grand Lanthier dans notre appartement. Il avait fauché deux limes dans l'atelier de son père.

– Une lime, ça peut casser. Faut tout prévoir pour une évasion.

Je fis deux pains. (Enfoncer les limes dans la pâte fraîche et mettre au four.) Le premier pain éclata à la cuisson. Pas assez de pâte autour de la lime. Il fallut le refaire. L'heure tournait. Lanthier devenait nerveux.

– Il a dit cette nuit.

– Je fais ce que je peux, je ne suis pas boulanger.

A part ces quelques mots, nous ne parlions pas. Nous nous

laissions envahir par l'odeur du pain cuit. Et je me disais que j'étais fou. Que Lanthier m'entraînait avec lui dans la folie de Kamo. Mais je me disais aussi que Kamo allait mieux depuis qu'il nous parlait. Il reprenait des forces. Il revenait.

Je n'accompagnai pas Lanthier à l'hôpital, cette nuit-là. Il avait glissé un crayon sous le store mécanique qui fermait la fenêtre de Kamo. La chambre était au rez-de-chaussée. Il en relèverait le store et il s'y introduirait sans problème. Il placerait les deux pains dans les mains de Kamo. Pas besoin de moi pour ça.

– Tu as trop peur, tu nous ferais repérer.

J'avais peur, oui. Mais je ne savais pas de quoi.

Qu'est-ce que ça voulait dire, cette histoire d'évasion ?

Est-ce que demain Kamo ne serait plus dans son lit d'hôpital ? Et lequel des deux Kamo s'évaderait, le mien ou l'autre ?

J'eus du mal à m'endormir, cette nuit-là. Dès que je fermais les yeux, je voyais un Kamo plein de fureur sauter par la fenêtre de l'hôpital et s'enfoncer dans Paris. Il ne ressemblait pas au mien.

NON. LE MATIN SUIVANT IL ÉTAIT TOUJOURS DANS SON LIT. ET TOUJOURS AUSSI IMMOBILE. Et toujours ce carcan si blanc autour de sa tête. Rien n'avait changé.

Pourtant, le grand Lanthier murmura à mon oreille :

– Ça y est, il s'est évadé.

J'examinai l'étroit visage avec plus d'attention et, en effet, oui, j'y retrouvai quelque chose qui ressemblait à mon Kamo d'avant. Une sorte d'épanouissement. C'était le visage de Kamo devant les montagnes du Vercors. Kamo libre, à nouveau dans le Grand Extérieur.

Lanthier glissa une main prudente sous les draps de notre ami. Il en retira les deux limes. L'une d'elles était cassée.

– Tu vois ? On n'est jamais assez prudent. Les fers qu'on te met aux pieds, et les barreaux d'une cellule, c'est solide.

La peur qui m'avait un instant quitté revint comme une énorme vague à la vue de cette lime brisée. Je m'entendis balbutier :

– Et le pain ?

– Plus une miette, répondit Lanthier, il a tout mangé.

Je devais être plus blanc que le pansement de Kamo, parce que Lanthier ajouta :

– Toi aussi, tu devrais aller manger un morceau, sinon, tu vas tomber dans les pommes.

Kamo ne prononça pas un mot, ce jour-là. Ni les jours suivants.

– Pourquoi ne parle-t-il plus ?

Lanthier hochait lentement la tête, comme si je ne comprenais rien à rien.

– Tu sais ce que c'est, la Sibérie ? Un désert de neige. A qui veux-tu parler dans un désert de neige ? Il s'est évadé, il faut qu'il traverse la Sibérie, maintenant.

Cette fois-ci, nous étions devenus complètement fous. Nous étions là, assis tous les deux, de chaque côté d'un lit d'hôpital, persuadés que la pauvre forme qui l'occupait se battait seule, là-bas, contre le grand désert de la Sibérie.

Et la nuit, les cauchemars ne me quittaient plus. L'image qui revenait le plus souvent était celle de cette lime brisée.

Je me dressais comme un ressort, dans mon lit, brusquement réveillé, pour comprendre que ce n'était pas un rêve, que nous avions bel et bien retrouvé la lime cassée, comme si Kamo s'était vraiment évadé. Plus moyen de me rendormir. Sur la table de nuit, à côté de moi, la montre cassée marquait toujours onze heures.

Kamo se tut pendant des jours. Et, nous mîmes un certain temps à nous en apercevoir : il perdait des forces ! Son visage se creusait. Sa chaleur s'enfuyait. Lanthier essaya de nouveau le coup de la veste sous les draps. Rien à faire. Il semblait que rien au monde, désormais, ne pourrait le réchauffer. Lanthier aussi maigrissait à vue d'œil. Et moi, moi je me sentais comme quelqu'un qui ne pourrait plus jamais fermer les yeux.

Puis, un jour, il parla.

– La Sibérie est un grand estomac de glace…

A mon regard stupéfait, Lanthier répondit par un sourire malin qui voulait dire : « Tu vois, qu'est-ce que je te disais... la Sibérie… » Kamo continuait de parler :

– La Sibérie avale cru, digère tout, et ne rend jamais rien.

Il parlait si bas que nous étions obligés de coller presque notre oreille à sa bouche. Le souffle qui en sortait était glacé.

– Mais moi, Kamo, on ne me mange pas…

Il eut une sorte de petit rire gelé.

– Toi non plus, le loup, tu ne me mangeras pas.

Le loup ? Quel loup ?

Kamo n'en dit pas davantage, ce jour-là.

A la maison, Pope et Moune commençaient à s'inquiéter pour ma santé. Jusqu'à présent le malheur de Kamo leur avait presque fait oublier mon existence. Quand ils se réveillèrent, j'avais perdu cinq ou six kilos, et j'avais si peu dormi que mes yeux brillaient comme du charbon dans leurs orbites rouges. Branle-bas de combat, double dose de soupe et d'entrecôtes. On appela le docteur Grappe qui me fit des piqûres.

– Docteur, est-ce qu'un prisonnier a jamais pu s'enfuir de Sibérie ?

Il rabattit le drap sur mes fesses douloureuses et dit :

– Il n'y a pas de prison dont un homme ne puisse s'évader.

Même avec un loup affamé à ses trousses ? (Mais cela, je ne le dis pas, je le gardai pour moi.)

Oui, Kamo avait reparlé du loup. C'était un vieux mâle gris à l'œil jaune, immense, qui le suivait pas à pas depuis des jours. Il était aussi épuisé que Kamo, et il avait aussi faim que lui. La nuit, lorsque Kamo ne trouvait pas de bois pour faire du feu, ils restaient tous les deux à s'épier, assis face à face. Trop affamé lui-même, le loup n'était pas sûr de sa force. Il attendait que l'homme s'endorme.

– Ce qu'il y a de plus effrayant en toi, le loup, ce ne sont pas tes dents, ce n'est pas ton regard, ce n'est pas ta patience...

Kamo parlait au loup.

– Ce qu'il y a de plus effrayant, c'est ta maigreur.

Le loup était la terreur de Kamo, mais aussi sa compagnie.

– Moi aussi je suis maigre ; tu as

raison de te méfier, le loup, il faut avoir peur de l'homme maigre.

Parfois, Kamo allumait un feu. Le loup et lui s'endormaient, alors. C'était à qui se réveillerait le premier. Pour attaquer l'autre dans son sommeil.

– C'est que tu n'es pas le seul à avoir faim, grondait Kamo, et moi aussi j'ai des dents.

Pourtant, ce furent les dents du loup qui le réveillèrent, un matin. Elles étaient plantées dans sa cheville. Le loup tirait par saccades. Kamo avait eu la prudence de s'endormir, les doigts serrés autour de la plus large branche du feu. Le brandon décrivit un arc de cercle et s'abattit sur le museau de la bête. Craquements de bois et d'os. Le loup bondit en arrière dans une odeur de chair et de poils grillés, mais sans un cri.

– Raté, le loup. Tu peux me manger les pieds, mais ni toi ni la Sibérie ne m'empêcherez d'atteindre la ligne de Vladivostok.

Nous ne sommes plus qu'à trois jours du train, maintenant, dépêche-toi, si tu veux me bouffer.

Le grand Lanthier ne voulait pas savoir où se trouvait, au juste, la ville de Vladivostok.

– De deux choses l'une : ou Kamo atteint cette ligne de chemin de fer, et il est sauvé, ou il ne l'atteint pas, et il est perdu. Dans les deux cas, je me fous de savoir où se trouve Vladivostok.

Moi, j'avais besoin de savoir. Il me semblait que ça me rapprocherait de Kamo. Comme si je m'apprêtais à l'attendre, là-bas, sur le quai de la gare. Ce soir-là, l'atlas m'apprit que Vladivostok était au fond d'un grand sac, la ville la plus reculée de l'Empire, le terminus du Transsibérien. La ligne de chemin de fer, immense, coupait toute la carte en deux, d'un trait net. Kamo était à trois jours de marche d'un point quelconque de cette ligne…

Ce fut alors que sa mère annonça son retour. Le téléphone sonna et c'était elle. Oui, elle avait quitté son groupe, non, elle n'avait pas disparu, oui, elle s'était arrangée avec les autorités locales...

Pope posait les questions au hasard, et ne disait pas un mot de Kamo. Il faisait à Moune de grands gestes désespérés, mais Moune secouait la tête, incapable de lui venir en aide.

– Non, il n'est pas là, dit Pope, tout à coup, pas pour l'instant, non...

S'ensuivit un silence au cours duquel Pope faisait oui de la tête, comme si la mère de Kamo était en face de lui, oui, oui, les yeux vides, pensant à autre chose.

– Oui, Tatiana, comptez sur moi, je le lui dirai.

Et il raccrocha.

– Elle arrivera vers la fin de la semaine, dit-il, elle voyage dans le Transsibérien.

Puis :

– Elle dit qu'il neige. Quel pays... le printemps ici, et là-bas il neige !

Enfin :

– Je n'ai pas osé lui parler de Kamo. Non, je n'ai pas osé…

Kamo allait très mal. Il s'était mis à neiger, en effet, sur toute la Russie orientale. Une neige si drue que Kamo et le loup ne se voyaient plus. Kamo sentait l'odeur fauve de la bête, sur ses talons. Et la bête l'odeur âcre de l'homme, à portée de bond. Mais la bête n'avait plus la force de bondir, pas plus que l'homme celle de lui échapper. Tous deux s'enfonçaient profondément dans la neige. C'était comme si la Sibérie aspirait leurs dernières forces par en dessous. A chaque pas, ils s'arrachaient au sol… aussi difficile que de déraciner un arbre.

– Je n'avais pas prévu la neige, murmurait Kamo.

Ses lèvres étaient dures et blêmes.

– Tout ce blanc qui tombe…

Je me rappelai soudain ce que le blanc signifiait pour lui !

– Tu as compris, le loup ? C'est la neige qui va nous manger. C'est le ciel qui nous avale.

On ne l'entendait presque plus. Le minuscule filet d'air qui sortait de ses lèvres semblait tracer les mots dans l'espace avec une encre transparente. Aussitôt prononcés, les mots s'évaporaient dans la chaleur étouffante de la chambre.

Brusquement, je me penchai sur l'oreille de Kamo.

– Kamo, ta mère est dans le Transsibérien, quelque part sur la ligne, tout près de toi, elle est là, Kamo !

Mais il ne répondit pas. Il ne parlait plus.

– Cette fois-ci, dit le grand Lanthier, c'est foutu.

Nous marchions dans Paris. Nous n'étions pas pressés de rentrer chez nous. Nous étions seuls. Le grand Lanthier dit encore :

– Il se sera bien battu.

Puis :

– Tu as remarqué ? il n'y a pas de bourgeons aux arbres. Le printemps est en retard, cette année.

A quoi je répondis :

– De toute façon, il n'y a pas d'arbres, dans cette putain de ville.

Dans ma chambre, sur ma table de nuit, la montre de Kamo marquait toujours onze heures.

JE NE FUS PAS SURPRIS DE TROUVER LE LIT DE KAMO VIDE, LE LENDEMAIN. JE M'ÉTAIS FAIT à cette image pendant toute la nuit. Je n'en avais rien dit à Pope et à Moune, mais, les yeux rivés au plafond de ma chambre, je voyais très nettement le lit de Kamo. Vide.

Ni Lanthier ni moi ne voulions rester une seconde de plus dans cet hôpital.

– Foutons le camp d'ici.

Nous marchions très vite dans les couloirs, vers la sortie. Sous nos pieds, le lino bleu pâle avait des reflets de glace. L'air était chaud, pourtant, immobile, saturé de toutes les odeurs d'hôpital : mauvaise cuisine et désinfectants. J'arrivais à peine à suivre le grand Lanthier, tant il marchait vite.

Comme il disparaissait à l'angle d'un couloir, j'entendis un bruit de ferraille, un juron, le choc sourd d'une chute, et une voix furieuse qui glapissait :

– Tu ne peux pas regarder devant toi, non ?

Je courus et me trouvai face à la grande infirmière antillaise de Kamo. Elle poussait une longue civière roulante et Lanthier se tordait de douleur sur le lino, les deux mains serrées autour de son tibia. La forme allongée sur la civière se pencha alors sur le côté, et une voix familière résonna, qui me parut emplir tous les étages de l'hôpital :

– Tu t'es cassé la patte, Lanthier ? Tu veux partager la même chambre que moi ?

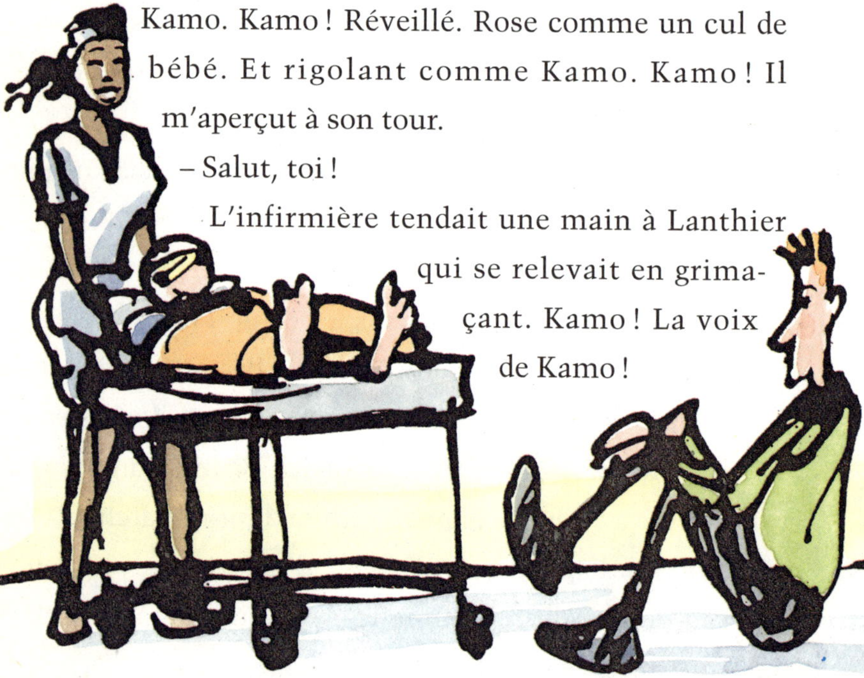

Kamo. Kamo ! Réveillé. Rose comme un cul de bébé. Et rigolant comme Kamo. Kamo ! Il m'aperçut à son tour.

– Salut, toi !

L'infirmière tendait une main à Lanthier qui se relevait en grimaçant. Kamo ! La voix de Kamo !

– Je reviens de la radio. Il paraît que ça s'est ressoudé à la vitesse grand V, là-dedans, mais que les derniers jours ont été difficiles.

Il tapait du doigt sa tête complètement rasée.

– Une belle tronche de bagnard, non ? On va croire que je me suis évadé de taule !

Il riait.

Il ne se souvenait de rien. Il ne se rappelait même pas avoir rêvé. Notre histoire de prisonnier, d'évasion et de Sibérie l'amusa beaucoup. Il était faible, encore. Il parlait bas.

– Je vous ai resservi ce que me racontait ma grand-mère pour m'endormir, quand j'étais petit : les exploits de l'autre Kamo, son père à elle, le Robin des bois russe !

J'y avais droit tous les soirs. Un sacré type, ce Kamo ! Il s'évadait vraiment de toutes les prisons où on essayait de l'enfermer. Une chose m'étonne pourtant, il n'a jamais été déporté en Sibérie. Sa dernière prison, c'était le bagne de Kharkov, en Ukraine. C'est la révolution qui l'a tiré de là, en 1917.

– Mais, la lime, Kamo, la lime cassée ? demanda Lanthier.

Kamo eut un rire de convalescent, heureux et fatigué.

– Les limes ne sont pas faites pour aller au four, Lanthier, elle devait avoir un défaut, elle a pété à la cuisson !

– Et le loup ? Et la Sibérie ?

Cette fois-ci, c'était moi qui interrogeais. Kamo réfléchit un long moment.

– J'ai dû mélanger plusieurs choses, dit-il enfin. Dostoïevski, d'abord, *Souvenirs de la maison des morts*, ça raconte la Sibérie... terrible ! Et une nouvelle de Jack London, aussi, L'*Amour de la vie* : c'est un type qui a perdu son traîneau et ses chiens, en Alaska, il essaye de rejoindre la mer, à pied, dans la neige, et il est suivi par un vieux loup, aussi mal en point que lui. Une très belle histoire, elle m'avait beaucoup marqué.

Il se reposait de longs moments, quand il avait trop parlé. Les forces lui revenaient à vue d'œil : un ballon qu'on regonfle.

– Une drôle de chose, la mémoire, tout de même, murmura-t-il, c'est comme un shaker : tu la secoues et tout se mélange.

– Qui est-ce, Djavaïr ? demanda Lanthier.

– C'était la sœur de mon arrière-grand-père, elle a participé à plusieurs de ses évasions. Avec d'autres copains : Vano, Annette, Koté, Braguine…

Un temps. Puis, dans un sourire :

– Te voilà devenu ma frangine, Lanthier.

Lanthier sourit, puis se tortilla sur place. Il y avait une question, visiblement, qu'il n'osait pas poser.

– Qu'est-ce qu'il y a ? demanda Kamo.

Le grand Lanthier se jeta à l'eau :

– Franchement, Kamo, ce loup qui te suivait, comment tu as fait pour lui échapper ? Ne me dis pas que tu as oublié.

Le sourire de Kamo dévoila une rangée de dents luisantes.

– Va savoir, répondit-il doucement, je l'ai peut-être bouffé, en fin de compte.

Lorsque, quelques jours plus tard, la mère de Kamo pénétra dans la chambre de son fils, elle déclara, d'un ton brusque :

– Alors, il suffit que j'aie le dos tourné pour que tu tombes sur la tête ?

– Et toi, répondit Kamo, il suffit que je ne te surveille plus pour que tu fasses l'école buissonnière ?

Ils étaient comme ça, ces deux-là. Ils ne se faisaient jamais partager leurs chagrins. Ils gardaient leurs inquiétudes pour eux. Ils se bagarraient, seuls contre leurs peurs. Ils s'aimaient vraiment.

– Ce n'est pas en suivant ce voyage organisé que j'aurais pu découvrir quoi que ce soit sur ton arrière-grand-père, répondit-elle.

Les yeux de Kamo s'allumèrent.

– Alors ?

Il s'était redressé sur ses coudes. Il regardait sa mère comme un affamé.

– Alors ? Tu as découvert comment il est mort, ce mangeur de Cosaques ?

Elle fit oui, longuement, de la tête, en caressant le crâne nu de son fils.

– Raconte.

Elle raconta.

C'était en juillet 1922. La Révolution était finie depuis cinq ans. Et la guerre civile aussi. Mélissi la Grecque, Mélissi l'Abeille, n'avait pas oublié son Kamo. Il lui avait préféré la Révolution, oui, il avait fait la guerre aux Cosaques, oui, mais maintenant, il était libre. Elle rechercha sa trace dans l'immense pays bouleversé. Elle la trouva. Le nouveau gouvernement avait nommé Kamo chef des douanes de Transcaucasie. Il vivait à Tiflis. Elle monta dans le train. Il reçut un télégramme : « C'est moi, j'arrive. » Le soir de son arrivée, il sauta sur un vélo. Il pédalait comme un fou vers la gare. Il hurlait son nom dans la nuit : « Mélissi ! » Il y eut une auto noire. L'auto roulait sur sa gauche, tous feux éteints. Lui ne tenait pas exactement sa droite. La voiture roulait vite.

La mère de Kamo s'interrompit un instant. Elle ouvrit son sac, en sortit un objet qu'elle tendit à son fils.

– Tiens, c'est pour toi, les autorités me l'ont donnée. La seule chose, dans ce monde, à laquelle il tenait vraiment… un cadeau de Mélissi.

Kamo recueillit le souvenir au creux de sa main. C'était une montre comme on en faisait dans l'ancien temps, avec un boîtier à ressort et une chaînette en or. Kamo appuya sur un bouton crénelé, le couvercle de la montre s'ouvrit. Le verre était brisé. Les aiguilles, immobiles, marquaient onze heures.

TABLE DES MATIÈRES

POUR FAIRE CONNAISSANCE AVEC DANIEL PENNAC, QUI A ÉCRIT CE LIVRE

OÙ ÊTES-VOUS NÉ ?
D. P. Dans les bras de ma maman.

OÙ VIVEZ-VOUS MAINTENANT ?
D. P. Ici.

ÉCRIVEZ-VOUS CHAQUE JOUR ?
D. P. Oui, chaque jour de liberté.

QUAND AVEZ-VOUS COMMENCÉ À ÉCRIRE ?
D. P. A l'école, pour la transformer en récré.

ÊTES-VOUS UN « AUTEUR À PLEIN TEMPS » ?
D. P. Écrire n'est pas une profession, c'est une manière d'être. Mais je suis aussi professeur, ce qui est également une manière d'être.

EST-CE QUE KAMO DÉCOULE, MÊME DE LOIN, D'UNE EXPÉRIENCE PERSONNELLE ?
D. P. Kamo, c'est l'école métamorphosée en rêve d'école, ou en école de rêves, au choix.

QU'EST-CE QUI VOUS A INSPIRÉ ?
D. P. L'école ne m'inspirant pas, j'ai réagi.

VOUS A-T-IL FALLU BEAUCOUP DE TEMPS POUR ÉCRIRE CE KAMO *?*
D. P. Oui. Je parle trop vite, mais j'écris lentement.

AVEZ-VOUS ÉCRIT D'AUTRES ROMANS ?
D. P. Quelques-uns et quelques autres.

QUEL CONSEIL DONNERIEZ-VOUS À UN ÉCRIVAIN DÉBUTANT ?
D. P. Écrire sans jouer à l'écrivain : les livres sont toujours plus intéressants que leurs auteurs.

Kamo et les autres personnages principaux apparaissent pour la première fois dans Kamo, l'Agence Babel, *également publié dans la collection Lecture Junior.*

Daniel Pennac a aussi écrit des romans pour adultes, comme La Petite marchande de prose, *et il enseigne le français dans un collège parisien. Connaissez-vous un autre de ses livres, sorti récemment, qui lui tient à cœur depuis des années, et dont la lecture devrait être obligatoire pour tous les parents et enseignants, surtout ceux qui pensent que « les jeunes d'aujourd'hui n'aiment pas lire » ? Le livre s'intitule* Comme un roman *et se dévore comme un roman.*
On y découvre que « le plaisir de lire *ne craint rien de l'image, même télévisuelle, et même sous forme d'avalanches quotidiennes », et que « si pourtant le plaisir de lire s'est perdu (si, comme on dit, mon fils, ma fille, la jeunesse n'aiment pas lire), il n'est pas perdu bien loin. A peine égaré. Facile à retrouver. »*

Vous qui venez de lire L'évasion de Kamo, *vous le savez bien !*

JEAN-PHILIPPE CHABOT NOUS RACONTE COMMENT IL A ILLUSTRÉ L'ÉVASION DE KAMO

Quand le coma de Kamo a pris fin, j'ai voulu partir sur ses traces en Sibérie. Il faisait froid, ce matin-là sur le quai de la gare de Moscou. Le transsibérien ronronnait sur ses rails avant de partir vers le rêve. Un sifflet retentit. Un profond murmure s'éleva et le convoi sortit de Moscou. Bientôt, les hautes montagnes de l'Oural se découpaient dans le lointain. Un indescriptible bonheur nimbé d'exotisme flottait dans l'air lourd de ces vieilles voitures. Je me rappelais les histoires de Kamo, son arrière-grand-père, le rebelle fantastique, l'hôpital, sa mère en voyage... Je restai fasciné et ému face à ces souvenirs alors que les derniers toits d'Irkoutsk disparaissaient et que nous descendions vers le lac Baïkal. J'avais apporté mes aquarelles et mon encre pour peindre les ciels fuyants et plein d'autres choses... Nous arrivâmes finalement à Vladivostok. En sortant de la gare, j'ai longtemps couru dans les rues de la ville jusqu'à en perdre haleine, puis fébrilement, je me suis assis sur le banc d'une vieille datcha et j'ai dessiné Kamo, Lanthier, les copains... Je me réveillai à Paris par un frais matin d'avril; ma montre marquait onze heures. Il était temps d'aller porter les dessins à la princesse Natacha pour qu'elle les mette en page avec beaucoup de poésie.

CONNAISSEZ-VOUS LES AUTRES TITRES DE LA COLLECTION ?

FAUT-IL GARDER HENRY ?

DE NINA BAWDEN,

illustrations de Denise et Claude Millet

Charlie-la-Fronde débusque un jour un écureuil : c'est ainsi qu'Henry arrive à la ferme. Quelle sera la nouvelle vie d'Henry l'écureuil dans sa famille d'adoption ? Quelle sera la vie de cette même famille d'adoption, déracinée de Londres, fuyant les bombardements allemands et transplantée en pleine campagne ? Authentique, tendre et chaleureuse, cette histoire familiale racontée par la sœur de Charlie est aussi celle de la découverte de l'indépendance.

LE SECRET DE DOOLEY

DE BRUCE BROOKS,

illustrations de Jean Claverie

Nous sommes en Virginie, au sud des États-Unis. Dooley, jeune Noir féru de magie, entreprend de guérir le grand-père de son ami Peanuts, victime d'une crise cardiaque. Mais a-t-il de réels pouvoirs ? Sorcellerie, frayeurs et naissance d'une amitié donnent un roman chaleureux aux multiples rebondissements.

LE TERRIBLE TRIMESTRE DE GUS

DE GENE KEMP,

illustrations de Quentin Blake

Il n'y a que Gus qui puisse comprendre Danny et ses problèmes d'enfant difficile. Ce qui les met plus d'une fois dans des situations très compliquées. Vrai et drôle, ce roman réserve bien des surprises dans l'atmosphère mouvementée d'une école des plus vivantes !...

LE NEZ DE LA REINE

DE DICK KING-SMITH,

illustrations de Serge Bloch

Harmony aimerait plus que tout avoir un animal à elle, mais ses parents s'y opposent. Grâce à son oncle Ginger et à sa pièce de monnaie magique, ses vœux vont être exaucés. Mais il lui faudra auparavant surmonter bien des obstacles. Un roman plein d'humour et de péripéties où l'on voit qu'un désir profond finit souvent par se réaliser à force de persévérance.

LE NOUVEAU
DE JAN MARK,
illustrations de Ken Brown

Lloyd vient de déménager. A la fois dynamique et sensible, il part à la découverte de sa nouvelle existence dans une ville inconnue. Avide d'activités et d'amitié, il devra vite apprendre à faire des choix de vie. Un roman d'apprentissage, d'humour et de tendresse.

VICTOR VICTORIEUX
DE JAN MARK,
illustrations de Jame's Prunier

Andrew, dont la famille s'installe pour la première fois à la campagne, fait la connaissance de Victor, le cancre de la classe dans sa nouvelle école. Un personnage surprenant, qu'Andrew va apprendre à découvrir à travers la passion de l'aviation que Victor lui communique peu à peu. Naissance d'une amitié dépeinte avec une sensibilité pleine d'humour tonique.

LE ROI DE LA FORÊT DES BRUMES
DE MICHAEL MORPURGO,
illustrations de François Place

Alors qu'il traverse l'Himalaya en compagnie d'un moine tibétain, Ashley, fils d'un médecin missionnaire en Chine, rencontre une étonnante créature qui ressemble étrangement au yéti légendaire. La vie du jeune garçon va en être bouleversée. Ce roman où la réalité et le fantastique sont étroitement mêlés nous transporte dans une autre dimension, celle du merveilleux.

KAMO, L'AGENCE BABEL
DE DANIEL PENNAC,
illustrations de Jean-Philippe Chabot

Kamo, qui a décidé d'apprendre l'anglais en trois mois, correspond avec la mystérieuse Catherine Earnshaw de l'agence Babel. Mais qui se cache donc derrière cet étrange personnage ? Une énigme palpitante, merveilleusement observée, où le narrateur mène l'enquête.

La guerre dans les collines
de Billi Rosen,
illustrations de Sylvaine Pérols

Durant la guerre civile, dans un petit village grec, deux enfants et leur grand-mère vont se trouver dramatiquement plongés au cœur de l'Histoire, à l'heure où la vérité de chacun éclate. Un roman émouvant, souvent tragique, où la vie et l'espoir finiront par triompher.

La pourpre du guerrier
de Rosemary Sutcliff,
illustrations de Philippe Munch

Vers le xe siècle avant notre ère, à l'âge du Bronze, Drem, qui a un bras paralysé, ne peut être intégré à la tribu des guerriers et des chasseurs. Blessé dans sa fierté, il s'enfuit. Pourra-t-il revenir, subir l'épreuve initiatique des garçons de son âge et revêtir enfin la pourpre du guerrier ? Un roman qui nous plonge dans le passé aventureux des hommes.

Ma sœur est une sorcière
de Diana Wynne Jones,
illustrations de Georges Lemoine

Gwendoline, persuadée d'avoir des pouvoirs surnaturels et débordante d'imagination, va provoquer une série d'événements plus étranges et inquiétants les uns que les autres avec la complicité de son frère, appelé Chat. Un roman passionnant où la magie et le mystère le disputent à la gaieté de l'humour et au réalisme psychologique.

Loi n° 49-956 du 16 juillet 1949
sur les publications destinées à la jeunesse
ISBN 2-07-055117-2
Numéro d'édition : 72516
Dépôt légal : mars 1995
Premier dépôt légal
dans la même collection : mai 1992
Imprimé par l'Imprimerie Hérissey, à Évreux